La dent dure

Isabelle Garreau

La dent dure

Roman

Dalva

ISBN 978-2-494466-20-3

Illustration de couverture : © Rémy Tricot
Conception graphique : Rémy Tricot

I
Les Frisons

Un matin de l'été 752 les Frisons, bestiale nation de marins, rebroussèrent le cours de l'Ode : naviguant loin du chenal, le mât baissé, l'embarcation frôlait la berge sous les feuillages ; ses rames horizontales sur l'onde brune l'effleuraient de leur rythme lent en succions menaçantes.

Les hommes du Nord frémirent à l'idée de débarquer à pas de loup dans leurs mocassins de renne. La nuit commençait à blanchir, ils fondirent sur un oppidum pour s'emparer de poules, d'agneaux, de lait, de femmes et d'enfants.

Parmi les pauvres hères du hameau ce fut l'effroi, mais il était trop tard. Médusés puis foudroyés par le tonnerre d'Odin qui s'abattait sur eux, ils se laissèrent égorger sans plus de résistance. L'écho des hurlements et des suppliques se propagea sur le fleuve. Le brasier teintait les nuages de bronze des lueurs de l'enfer.

La trompe malgré tout eut le temps de sonner l'alarme et son cri déchira l'aurore.

En amont, la corne avait joué son office : le hameau prochain, Alunia, aurait peut-être une chance d'assurer sa survie. La trentaine d'âmes du petit oppidum d'Alunia courut se réfugier dans les prémisses d'une chapelle, modeste bâtisse de pierre que tentaient de construire deux moines missionnaires.

Pour les Northmen affamés de rapines, la pierre taillée était une enseigne indiquant la présence d'or, de cire et de vin. Ces curieuses maisons solides étaient rares et constituaient le but de leurs expéditions. La terreur sanglante qu'ils semaient sur leur passage n'avait d'autre objet que de ravir de maigres trésors, de revendre femmes et enfants sur les marchés, aux Lives, aux Slaves et aux Varègues.

Ils défoncèrent la porte de la chapelle à coups de bélier. Les moines à genoux leur offrirent ce qu'ils avaient de plus précieux : la Bible enluminée et la croix d'or fichée sur son manche de noisetier.

Désappointés, les Vikings trucidèrent quelques rustres puis voulurent jouir des matrones pouilleuses qui sanglotaient recroquevillées à terre : ils ne pourraient les vendre. Les deux religieux, traîtres courageux, en des mimiques soumises les prièrent de les suivre afin qu'ils acceptassent la plus belle créature de l'endroit.

Les moines les guidèrent à l'extérieur de l'enceinte de fortune et empruntèrent un sentier qui se perdait dans la forêt après deux ou trois lieues.

Non loin des berges de l'Ode, une jeune anachorète avait élu domicile dans une caverne dont l'entrée demeurait cachée par la végétation qui fermait ses longs cils sur l'œil sombre de la grotte. Écartant ce rideau de verdure, Aléa se montra, car elle avait reconnu la voix d'un des frères lais. Les Northmen, sortant de leur silence et de leurs cachettes, l'empoignèrent pendant que d'autres fendaient les moines à la verticale.

Ils la besognèrent sauvagement, l'empalèrent, l'écartelèrent, la pulvérisèrent. Enfin ils la brûlèrent. Ils auraient pu la vendre une bourse d'or, mais elle ne serait jamais arrivée à bon port.

Apercevant la fumée noire les marins restés au bateau s'approchèrent de la rive pour rembarquer les guerriers, et repartirent par où ils étaient venus.

Après un long temps de stupeur, assurés que les Frisons s'en étaient allés car ils n'entendaient plus que le silence, les villageois encore tremblants cherchèrent leurs deux moines partis du côté de la clairière : les quatre moitiés baignaient dans un sang noirci.

Et sous les cendres encore chaudes, il ne restait pas un cheveu d'Aléa.

Malgré le carnage et le pillage les habitants étaient saufs. Cette désolation, apprécièrent-ils, affichait un niveau acceptable de désespoir si l'on considérait que tout ce qui vivait en aval avait disparu.

Cependant une commère d'Aléa resta figée au bord du foyer où la jeune fille s'était dissoute pendant la nuit. Munie d'une branche, la villageoise tisonnait avec précaution le manteau gris de la cendre, comme si l'âme de la vierge y logeait encore.

Une braise s'empourpra mais il s'agissait en fait d'une pierre polie exhalant une odeur de sapin d'hiver, elle était froide dans sa main. Au creux de sa paume, la boule d'un bel orangé laissait transparaître… une dent. Une dent lévitant dans son bain de safran.

Ils s'agenouillèrent, rendant grâce à la jeune femme, on parla de miracle : une canine d'Aléa avait été sauvée du carnage.

Quelques semaines plus tard, la soldatesque de l'épiscopat longeant les décombres prit la mesure du désastre. L'évêque pénétra le camp de fortune : Seule la chapelle avait résisté. Ils la confièrent à un prêtre qui prit possession du lieu.

On enterra les quatre moitiés de moines.

Aléa fut déclarée vierge, martyre et sainte par l'évêque de Tours, convaincu par la merveille recueillie dans les braises encore chaudes de la jeune fille.

Le seigneur d'Alunia, Wunduffel, offrit libéralement une livre d'or et quelques pierreries pour confectionner le reliquaire de la dent.

II
Vie de sainte Aléa

Aléa avait presque dix ans lorsque sa mère et elle-même, fuyant les Goths qui avaient semé la terreur dans leur lointain pays, s'étaient arrimées au fief de Wunduffel. Elles avaient fui vers l'ouest telles deux biches aux aguets pour gagner les sombres forêts de Neustrie. La faim les tourmentait souvent, et la nécessité de survivre en ces lieux hostiles impliquait une patiente observation des ressources à l'entour. Au gré de leur errance, elles se sustentaient de champignons, d'asperges sauvages, de pousses de ronces, de prunilles et de racines tendres.

Un soir où couvait l'orage, cherchant refuge elles suivirent la trace encore fraîche d'une biche. Elles atteignirent une cavité où l'animal semblait les attendre. On ne sait ce qu'elles se dirent mais toutes trois finirent par s'endormir, la biche réchauffant la mère et la fille.

Pendant quatre ans, elles vécurent là, étanchant leur soif à la rivière et s'émerveillant de la prodigalité des sous-bois et de ses habitants : la biche revenait souvent boire à l'Ode et reposait sous les frais buissons. Des écureuils allaient et venaient sur les troncs, les pies jacassaient et, parfois, répétaient les chansons inventées par Aléa qui était un vrai rossignol.

Mais sa mère mourut. Aléa confectionna une embarcation d'osier tressé, y déposa le cadavre couvert de fleurs, et sous la lune poussa cette modeste nef dans le courant.

Un matin des coups de hache fendirent le petit jour, ce qui la tira de ses larmes. À quelques lieues de là, en aval, des hommes étaient en guerre contre les arbres.

Elle décida d'aller jeter un œil, pour se distraire de sa douleur. Avant midi elle arriva à proximité d'une enceinte de pieux. Plus haut, sur un promontoire, une maison de pierre était en construction. Plus loin, quelques femmes tiraient d'énormes miches de pain d'un four érigé au carrefour de deux sentiers.

Elle regagna sa grotte, il fallait réfléchir. L'odeur de ce pain n'avait pas quitté ses narines et se faisait entêtante. Jusqu'à ce jour, sa mère avait confectionné de petites galettes de farine de gland cuites sur le feu : Aléa broya quelques châtaignes sèches, mélangea à cette poudre l'eau de la rivière pour pétrir un pâton de bonne taille. Des fleurs et des graines y furent mêlées. La boule tiède qui semblait vivante fut emmaillotée dans un linge élimé.

Le lendemain matin elle se mit en route et arriva avant midi au four banal. Les femmes ne l'avaient jamais vue, mais des colons, il en arrivait chaque jour de l'est. À sa vêture et son jeune âge elles supputèrent qu'elle devait garder des oies pour quelque ferme du pays. Aléa enfourna son pain et lorsqu'il fut cuit l'échangea contre un mortier assez épais, où les traces du burin dessinaient des vaguelettes dans le bois dur.

Elle retourna à sa vie sauvage.

Quelques semaines plus tard, le son d'une cloche emplit l'azur et fit vibrer ses oreilles : elle n'avait jamais ouï pareille musique. Elle roula quelques simples dans une étoffe et fixa le baluchon sur sa tête, prit le mortier et le pilon, un caillou oblong qu'elle avait trouvé sur la berge.

Dans l'enceinte du village, c'était l'euphorie : la Fête de la cloche, qui venait d'être hissée au fronton de la chapelle, battait son plein.

Tant de monde l'étourdit, marchands et animaux se côtoyaient, tout chatoyait. Elle se posta près d'un étal et, d'une voix mal assurée, se mit à détailler dans la langue de son pays le nom des herbes qu'elle avait apportées, une collecte de plusieurs semaines. Millepertuis, raiponces, menthes, graines d'ombellifères, saule séché pour le mal de chef. Elle les broyait à la demande, on lui jetait des piécettes de cuivre sur le tablier déployé au sol. Aléa aima ce commerce car les senteurs herbacées lui évoquaient le souvenir de sa mère.

Par la suite plusieurs villageoises vinrent en petits groupes flâner jusqu'à sa clairière. Au camp, les commères avaient compris, au goût frais de son pain et à l'efficacité des électuaires, que la jeune Aléa avait été initiée aux mystères du monde sauvage qu'au hameau on cherchait au contraire à éradiquer.

De christianisme on ne s'occupait guère, les deux moines aidaient surtout les habitants à défricher, couper, brûler, tracer des limites et borner le territoire. C'étaient de bons artisans, mais si l'on voulait soigner son corps ils ne leur étaient d'aucun secours, ignorants de toute science.

La renommée de la Guérisseuse, telle qu'on l'appelait à présent, parvint au castrum de Wunduffel. Sa femme n'enfantait pas, saignait sans discontinuer, et il n'avait toujours pas d'héritier.

Aléa fut amenée au castrum d'Alunia, forteresse cubique impénétrable. Elle examina dame Wunduffel, confectionna une décoction antiémétique avec un peu de valériane qui la fit sombrer dans un paisible sommeil.

Le lendemain, la maîtresse du château ne saignait plus. Wunduffel, joyeux de pouvoir monter sa femme le soir même, se montra extrêmement reconnaissant et commanda qu'Aléa fût lavée, habillée et parée. Ensuite, sous l'emprise d'une fameuse bière d'orge, il la projeta sur une table et la prit en levrette sous les yeux des impassibles servantes.

Aléa resta pourtant au chevet de la maîtresse, et mangeait pour la première fois à sa faim, vêtue aux couleurs de la maison Wunduffel. Elle dormait enfin sous un toit.

Mais peu à peu son propre ventre s'arrondit, sans qu'elle comprenne ce qui se tramait. La délivrance arriva, et le bébé, un mâle, lui fut arraché, on le glissa dans le lit de la Dame. Le seigneur proclama qu'un fils lui était né et on renvoya Aléa à sa grotte et à ses élixirs.

Wunduffel en dépit de ses manières sordides n'était pas ingrat et lui offrit en alleu son lopin de clairière et sa grotte : personne ne pourrait l'en déloger.

Elle poursuivit son office forestier, elle était devenue la Rebouteuse, il en fallait bien une. Elle guérissait les moutons, les vaches, les enfants et les femmes contre un peu de cuir, un couteau ou une fiole de verre teint. Elle levait les sorts et chantait ses sortilèges :

roches poreuses à tâtons
à l'aguet nos doigts d'algues
sur les parois filandreuses des boyaux étrécis
profanent les chemins creusés
sans hurler

Les femmes, toujours plus nombreuses, venaient ouïr ces incantations chantées en un patois inconnu et dont elles ne comprenaient guère le sens.

lichens sans retour qui ourlent la nuit
à l'orée du Val Ténébreux
les doigts mêlés de méandres fraient les filaments des failles
et s'épandent en d'infinis chemins
sur le qui-vive

Peu après la Dame d'Alunia mourut, lamentablement dévastée par les coups de boutoir frénétiques de son seigneur et maître Wunduffel. Le nourrisson dépérissait, il l'emmena chez Aléa afin qu'elle le sauvât.

Wunduffel fit irruption dans la clairière escorté par ses lévriers de Perse. Il avait glissé le bébé emmailloté dans la sacoche attachée à la selle de son destrier. Aléa prit peur et se leva. Mais ses seins se mirent à couler d'abondance. Le bébé hurlant fut plaqué sur sa poitrine marmoréenne et se tut.

Deux bonnes femmes qui étaient là en visite écarquillèrent les yeux : cette pucelle avait fait jaillir du lait, un lait miraculeux qui avait ressuscité le fils du seigneur, disaient-elles. La nouvelle fit très vite le tour du fief et les curieux se massèrent sur le pré devant la grotte d'Aléa, espérant un chant.

Les moines, quant à eux, avaient pris ombrage de cette réputation grandissante et surtout des bavardages des femmes qui semblaient davantage préoccupées par le sort d'Aléa que par celui du Christ Notre Sauveur. Les miracles, ils n'avaient rien contre, mais qu'au moins cette vierge fût faite chrétienne. On la baptisa donc dans les eaux vertes de l'Ode.

Peu de temps après, comme l'on sait, la grêle des Frisons s'abattit sur Alunia, et le fleuve devint rouge sang comme le rapporte l'histoire des sept plaies de l'Égypte.

L'évêque, à peine rentré à Tours dans son fastueux domaine, avait enfilé ses babouches fourrées et, savourant un vin de cannelle, mandata un scribe pour transcrire les récits des villageois d'Alunia, ainsi que celui de Wunduffel. Le miracle du Lait, le Baptême, le bûcher d'Aléa vierge martyre, la sainte Dent, tous ces événements furent consignés au calendrier local. Une fête votive fut instaurée : elle devint une sainte. Les cénobites cupides spéculaient sur les futurs bénéfices qu'ils tireraient de cette célébration : un marché se tiendrait, peut-être même une foire. Ils espéraient en tirer plusieurs livres de saindoux, indispensable ressource pour l'éclairage de la chapelle.

Un autel monolithe fut sculpté dans les parois de la grotte afin que les pèlerins toujours plus nombreux pussent se recueillir, baiser le reliquaire et invoquer sainte Aléa pour avoir des enfants en bonne santé ou pour soulager leurs maux dentaires. En guise de baptistère, on creusa un lavoir alimenté par une source. L'ouvrage en fort peu de temps fut tapissé d'une épaisse mousse.

Le terrain et la grotte retournèrent dans le giron des Wunduffel, ce qui ne manqua pas d'irriter le prêtre et ses moines qui avaient espéré bénéficier des rentes générées par les aumônes des pèlerins.

Règne après règne, de Chilpéric en Chlodebert, une solide muraille de pierre enroba le vaste fief des moines et la chapelle Saint-Prou. Une église, peu d'années après, vint magnifier leur espace sacré ; ils la consacrèrent à sainte Barbe.

Quant au prospère sanctuaire de sainte Aléa, il resterait hors les murs.

III
La catéchumène

Un mercredi après-midi, Éléonore avait eu la surprise de recevoir chez elle quatre camarades de classe. Sur la toile cirée une corbeille de fruits en plastique, cinq feuillets illustrés de scènes de la vie de Jésus, autant de crayons de couleur et une Bible attendaient qu'on leur trouve quelque utilité.

Les fillettes se poussaient du coude, ricanaient devant la bizarrerie de la situation : elles seraient comme à l'école, mais une école familière où l'on ne ferait que du coloriage et dont la maîtresse serait la mère de l'une d'entre elles.

Elles patientaient, admirant le grand meuble-vitrine où étaient exposés des bibelots de collection. Derrière une porte de verre poli, la maman régalait son époux de café filtre au salon. Elle revint et ôta son tablier.

Elle prenait l'air pimpant, remarqua sa fille qui ne lui avait jamais connu la permanente aussi lustrée.

La Bible fut ouverte à la page marquée d'un joli ruban de soie jaune. Les gros yeux ronds de la mère derrière les lunettes à chaînette s'agitaient de gauche à droite et de droite à gauche, seuls témoins de l'existence d'une certaine vivacité dans ce visage mou. La lecture des paraboles dans saint Matthieu leur fut assenée d'une voix sans rythme ni relief. Et quand elle les interrogea à la fin de la lecture, elles n'avaient pas retenu grand-chose. Cette leçon si différente de celles prodiguées au groupe scolaire Jean-Jaurès où elles étudiaient, cette maîtresse qui semblait ignorer que sa fille figurait parmi les catéchumènes, les interloquaient ; de plus leur attention avait été distraite par le décorum.

Alors la dame se livra à une exégèse superficielle des histoires de Marthe et Marie. Les petites tombèrent d'accord : les corvées ménagères étaient un vrai supplice. Vinrent aussi des explications sur les poissons du lac de Tibériade (aucune d'entre elles n'aimait le poisson, elles eussent préféré des pommes dauphines). Et Zacharie balançant des pommes blettes sur Jésus qui trouvait la blague bien bonne (quelle cloche), ou encore l'histoire du Fils prodigue dont l'éclatant retour à domicile fascinait les petites : d'un commun accord, elles s'étaient liguées contre le bon fils, terne et jaloux.

Immuablement chaque mercredi de cette année 1980, la mère refermait son Livre et leur parlait des Communistes. Vivant dans la terreur des Communistes, dont l'invasion était imminente selon elle, la dame leur en décrivait les exactions par le menu, avec force détails sur les cris barbares, le sang, les flammes et les chars à chenilles qui pulvérisaient tout sur leur passage.

Les gamines frappées de frayeur pleuraient à chaudes larmes. À l'apex de leur peur, selon une méthode d'emprise bien connue, elle les invitait à prier contre la Grande Invasion Russe. Alors les petites se calmaient puis goûtaient d'un verre d'orange en poudre et de galettes Saint-Michel, enfin rentraient chez elles. Mais Éléonore restait dans sa cuisine, songeuse.

Elle était imperméable aux obsessions maternelles car ces litanies revenaient souvent, surtout lorsque Mme Bondouffle voulait se donner de l'importance en public, asseoir son autorité en abordant un sujet d'ordinaire réservé aux hommes : la guerre.

Sa mère passait pour informée, pourtant elle n'avait aucune conviction idéologique, aucune science politique, et confiait son bulletin de vote à son mari qui n'était guère plus éclairé malgré sa fonction d'élu de la bonne ville d'Alone. D'ailleurs la mère n'avait jamais vu de Russe mais avait entendu, lors d'un dîner à la préfecture, les amis de son mari les déclarer, unanimes, le pire ennemi du genre humain.

La mère restait donc à la surface de toute chose, en politique comme dans son interprétation du Livre. Elle était en effet pourvue d'une grande étroitesse d'imagination.

Pour sa part Éléonore eût aimé que le cours de son existence, ou du moins que les cours de religion à domicile, fussent semés de plus de fantaisie, d'ors et d'onguents, de reines de Saba, de captives, de Molochs et d'animaux qui parlent, mais sa mère ne jurait que par les Évangiles.

IV
Le père

Le père était maire d'Alone, une ville moyenne, dans une province moyenne. Également médecin de cette bourgade, l'édile avait succédé à son père dans la double fonction. Ce dernier la tenait lui-même de son père puisque les deux charges, en ces petits pays, allaient souvent de pair.

Il posait des cataplasmes, incisait des furoncles, pratiquait sans retenue des lavements et, pour toute gynécologie, certifiait les hymens des filles du pays. Cette conception médiocre de la médecine lui venait du début du XXe siècle, des connaissances qu'avait transmises le grand-père à son fils et dont lui-même n'avait jamais dévié.

Égotique et bouffi, le docteur Robert Bondouffle dans ses mandats successifs s'était contenté de reproduire les gestes ancestraux qui démontraient qu'une éminente position sociale avait été prévue pour lui de tout temps. Il exerçait une féodalité progressiste sur ses administrés qui lui témoignaient une grande considération et buvaient ses paroles pleines de fautes de syntaxe comme si elles émanaient d'un juge suprême ou d'un personnage sacré, et pas fier avec ça.

Outre les banquets dont l'organisation lui incombait, dans les conseils municipaux il parlait cadastre, bornage et foire à bestiaux. Il faisait le bien sans calcul politique ni même par charité chrétienne car il n'attendait en retour que la confirmation de son importance et de celle de sa lignée, de sa suprématie ancestrale en ce territoire.

Cependant les véritables réunions municipales étaient officieuses et ne se déroulaient pas en mairie, mais sur le terrain, comme le père disait, lors des activités mortifères du samedi. La chasse républicaine bien sûr, à pied et à la carabine, pâle imitation de la chasse à courre, sans chevaux ni daguets, piètre conquête révolutionnaire : posséder un fusil et quelques cartouches de petits plombs. Il y fréquentait le notaire, les agriculteurs, fortunés ou pas, quelques adjoints, et le curé, qui tirait à blanc, et qui les accompagnait car il adorait les pâtés de sanglier et le lièvre aux raisins.

En ce qui concernait le faste et les fascinantes liturgies de la chasse à courre, on repasserait. Ils tenaient toutefois à s'affubler de quelques objets rituels qui consacraient leur confrérie toute masculine : des casquettes, des fusils, des cartouchières, trois ou quatre chiens humides à l'arrière d'un pick-up.

La lente ronde en lisière des champs mornes s'achevait autour de verres de rouge qu'ils buvaient accoudés aux portières, des rigolades en veux-tu en voilà.

V
La mère

Mme Bondouffle née Charité exerçait le métier de femme de notable avec zèle. Les réunions Yves Rocher® et Tupperware® battaient leur plein et instauraient de façon insidieuse l'illusion qu'il existait un contre-pouvoir féminin. Enfin ces rendez-vous servaient surtout à s'occuper car les maris avaient à faire.

Elle crochetait, allait aux commissions, au pain, au marché, à la messe. Depuis peu elle s'était mis en tête d'assurer une formation religieuse aux élèves de l'école Jean-Jaurès, qui à son grand dam n'enseignait ni la couture ni la morale. Les Bondouffle y avaient pourtant inscrit la petite, qu'elle se frotte un peu aux enfants des paysans : on n'était pas bégueule.

Elle épaulait son mari dans sa mission de patriarche de leur communauté, ne cherchant ni la richesse ni l'ostentation : tout ce qu'elle désirait c'était d'être *comme il faut* afin que les Alonaises l'imitassent. Elle vivait selon l'idée qu'elle se faisait d'une bourgeoise, quelque part entre la comtesse de Ségur et la princesse de Clèves.

Cette respectabilité, à l'aune des cercles de pouvoir des grandes villes comme Rouen, aurait souffert de la comparaison, elle ne l'ignorait pas. Alors elle jouait la carte de la modestie et de l'humilité pour signifier qu'elle dédaignait ces milieux influents auxquels elle aurait pu appartenir, si elle l'avait voulu. En effet, elle avait fait Pigier, à Chartres, pour obtenir un diplôme d'Arts ménagers et partout on disait de Mme Bondouffle qu'elle avait fait des études, ce qui était un fait remarquable dans la commune, et plus encore dans la famille d'agriculteurs prospères dont elle était issue.

Le diplôme pesa un poids décisif dans la négociation que son propre père avait entreprise auprès du vieux docteur Bondouffle, qu'il harcelait à chaque partie de chasse puisqu'il avait un fils en médecine à Paris.

L'unique héritière du plus gros propriétaire agricole du canton serait confortablement dotée, même si ces pratiques d'un autre temps en avaient perdu le nom. Le cours de la terre ici était plus suivi que l'indice boursier au journal télévisé.

Les Charité estimaient que leur fille, qui avait été élevée comme une princesse, méritait bien un docteur. Enfin, elle n'était point trop vilaine.

Pour le vieux docteur Bondouffle, frayer avec la paysannerie avait tout d'une mésalliance, mais son fils un peu benêt n'aurait pu prétendre à mieux, il le pressentait. Dans cette ville, il n'y avait d'ailleurs personne pour les surclasser : ni aristocrate, ni riche industriel. Bondouffle se résigna ; la fille Charité n'était pas un si mauvais parti.

Les fiançailles furent célébrées et le futur époux finit sa médecine à Paris. Enfin ils se marièrent et de cette union naîtrait, bien des années plus tard, leur unique enfant : Éléonore.

Ils prirent possession de leur nouvelle demeure, dans l'ancien tribunal administratif érigé dans un style mêlant audacieusement Garnier et Viollet-le-Duc. Ce genre d'édifice était à la pointe de la modernité à la fin du XIXe siècle alors que l'architecture Restauration de la ville distillait encore sa tristesse.

Sur la petite place devant la maison, une balance à bestiaux agaçait Mme Bondouffle car elle lui rappelait chaque jour l'odeur de lisier et de pommes blettes qui lui collait à la peau.

VI

Dangereuse fantaisie

Chez le docteur, les choses commencèrent à mal tourner. La mère avait senti poindre chez sa fille une fantaisie trop vive, une exubérance du corps toujours en mouvement, ainsi qu'un goût prononcé pour les bavardages inconsistants sur des sujets jugés trop frivoles : l'apparition de la buée sur une fenêtre ou l'odeur du pain par exemple – Ben oui, ça sent le pain.

En outre, sa fille s'était plongée dans une lecture assidue des livres vétéro-testamentaires, et la mère, prise à son propre piège, ne pouvait lui interdire la fréquentation de la Bible. Le soir à table, la fille leur parlait buissons ardents, chariots volants, amours luxuriantes d'Ève et d'Adam, et la fille de Pharaon ceci, et Nabuchodonosor cela.

Les imaginations, comme disait le grand-père, étaient la source de tous les maux.

Si Mme Bondouffle n'avait jamais lu l'Ancien Testament, c'était dans l'intuition qu'il dépeignait avec trop de détails loufoques des choses innommables, des choses qui par leur incongruité la détourneraient de la morale et de l'amour du Christ. Et voilà que la gamine, empiétant sur ses platesbandes, avait tout d'une théologienne en herbe.

Un samedi après-midi, Éléonore n'avait rien trouvé de mieux que de se déguiser en Salomé. Elle exécutait une danse lascive dans le salon, nue sous ses foulards légers. La mère remarqua également du rouge à lèvres. Non mais elle est complètement folle. On va te faire passer ça au savon. Le Véritable savon de Marseille familial ne s'usait jamais, même en le léchant tous les matins. Éléonore s'en délectait, telle une Mithridate moderne. Lorsqu'une impertinence sortait de sa bouche, elle savourait à l'instant même, en imagination, ce goût inimitable sur sa langue.

Voyant les principes de son éducation chanceler, la mère se mit aux gifles marquant de rouge les joues d'Éléonore. Ces coups, bien que violents, ne déclenchaient pas de larmes, ils avaient même le pouvoir de les stopper. Il fallait pourtant qu'elle acceptât ce corsetage mental. On n'hésita plus à appliquer les bonnes vieilles méthodes : rester à genoux, s'humilier, demander pardon et, surtout, consentir à devenir l'ombre de soi-même. Aimer cela. C'était ce qu'on était en droit d'attendre de notables comme eux. Ces comportements indécents allaient donc précipiter son inscription à l'internat.

VII
La Profession

Les Bondouffle patientèrent jusqu'à la Profession de foi qui aurait lieu avant l'été. Cette cérémonie consistait à rassembler les pucelles du pays et à les faire défiler ceintes d'aubes virginales dans une préfiguration de leur mariage, brandissant devant elles des cierges trop lourds dont les gouttes de cire brûlaient les mains.

Cela ressemblait presque au marché aux bestiaux, et les messieurs endimanchés grassouillets et rougeauds, bavant sur cet étalage de chair fraîche en étaient les maquignons. Leurs femmes, harpies toutes semblables, unies par la fierté d'avoir accompli leur devoir et la larme à l'œil avaient mis le gigot au four.

La tradition exigeait une retraite spirituelle avant la Profession : Éléonore découvrit pour la première fois les jardins splendides du presbytère, une bâtisse majestueuse située en centre-ville. Escaliers de pierre, roses trémières, pivoines et jeux de balle. Et puis elles chantaient ; la bonne, qui semblait être une religieuse mais qui était habillée normalement, leur apprenait à égrener un rosaire. Elle leur offrit à chacune une petite bague d'aluminium très pratique pour dire les Je vous salue Marie si d'aventure elles oubliaient leur chapelet.

Éléonore revint enchantée de cette première journée.

Le lendemain elle eut la surprise de découvrir en chair et en os et en civil le gros curé que jusque-là elle avait seulement vu sur scène, c'est-à-dire à la messe.

Il chantait faux et lisait mal, avec cette prosodie si particulière aux catholiques qui lisaient en public et qui faisait toujours reconnaître leur imprégnation religieuse et leurs activités dominicales.

Il se montrait jovial pourtant, ses bajoues couperosées remuaient comme de la moelle. Il les invita à écouter ses paroles avant le jour béni, leur montra comment ouvrir la bouche et tirer la langue pour recevoir le corps du Christ en faisant mine d'y introduire une hostie avec deux doigts. Une répétition.

Il se lança ensuite dans une diatribe contre les pièces jaunes qui le scandalisaient. Ces dons n'étaient pas dignes de véritables chrétiens : il trouvait systématiquement de la mitraille dans la corbeille d'osier que les fidèles se passaient pour la quête. Cela faisait de la peine à Jésus, disait-il d'un ton patelin. N'oubliez pas d'en parler à vos parents.

Sur ce, il attira à lui deux petites, impressionnées et mutiques, les mit sur ses genoux et les rassura du mieux qu'il put en leur pinçant les tétons pour les faire rire.

En mai, elle partit en autobus pour Blois avec ses coreligionnaires pour la retraite départementale qui durerait trois jours. On camperait, on ferait du pain. Elle rencontra là des curés d'une autre espèce : ils jouaient de la guitare, on devait les tutoyer, les appeler par leurs prénoms.

Pendant la messe qui se déroula dans un champ, ils leur firent passer une coupe lourde et les enfants burent du vin. Elle avait appris que le sang du Christ était réservé au prêtre, aussi trouva-t-elle cette expérience fabuleuse : cette transgression autorisée par les religieux eux-mêmes montrait que Dieu finalement accordait peu d'importance à ces détails.

Le soir, les prêtres couchèrent avec les jeunes fidèles dans la grange ; elle ne comprit pas que les convulsions du père Yohann n'étaient pas dues à ce qu'il pleurait dans son rêve.

Elle garda un excellent souvenir de ce séjour, de l'autobus et, surtout, de l'avant-goût d'une vie sans ses parents. Elle fit sa Profession et l'été passa.

Cependant de nombreuses questions subsistaient, des doutes qui la rongeaient depuis toujours. Malgré une foi qu'elle pensait sincère dans l'amour du Christ, ce mot d'ordre revenait toujours à ses oreilles : il ne fallait pas poser de questions. Et si elle devait douter ou chercher à comprendre, ce serait la preuve qu'elle n'avait pas la foi. Il fallait accepter de ne pas savoir, lui disait-on.

Sa propre pratique religieuse tenait davantage du marxisme, du mysticisme ou du péplum, et malgré les éblouissements des vitraux et la magie des encens, malgré tous ces mystères exotiques, s'abstenir de poser des questions, elle n'y parviendrait jamais.

VIII
Les Anglais

Vers la fin de cet été de doutes, une sensation agréable et chaude se propagea sur ses cuisses : elle découvrit avec horreur que c'était du sang. Elle paniqua parce que personne ne l'avait prévenue de cet affreux inconvénient ; lorsqu'elle fut informée par sa mère qu'il serait chronique, elle s'horrifia.

Sa mère la gifla puisque les Anglais avaient débarqué, et lui présenta une sorte de couche très épaisse et un carré de serviette-éponge qu'elle devrait placer dans sa culotte. Elle en fut mortifiée.

La surveillance s'accrut, la laisse fut raccourcie : la gamine avait été vue à vélo durant les vacances, elle avait grimpé aux arbres avec les garçons, et sans T-shirt encore. Une grossesse non désirée était la dernière chose dont la mère Bondouffle, son époux et la ville d'Alone tout entière avaient besoin.

Comment transformer l'oiseau moqueur en poule de basse-cour.

IX

L'Institut Bonne-Dame-de-Soulages

L'objectif inavoué de l'Institut Bonne-Dame-de-Soulages, la mission qui lui avait été assignée par les bonnes familles de la région, consistait à éteindre l'étincelle dans les prunelles de jeunes gourgandines.

Éléonore y passerait donc les six prochaines années jusqu'à ce qu'elle obtienne son baccalauréat. L'idée qu'elle allait partager un dortoir avec des camarades de son âge lui plaisait : l'ennui cesserait enfin.

Le jour de la rentrée arriva. Dans le parc, une quarantaine de jeunes filles discutaient en marchant par petites grappes. La plupart semblaient déjà se connaître. Elle se sentit un peu désappointée. Elle aperçut une petite qui sanglotait, assise sur une marche. La sœur lui avait tordu l'oreille qui se détachait presque du crâne : du sang avait séché sur son cou. Qu'as-tu fait ? Rien, elle haussa les épaules.

La petite semblait accepter son sort sans le moindre ressentiment, comme effondrée sur elle-même.

La sœur en question surveillait la récréation d'un air bonasse. Cette corpulente vieille ne paraissait pas méchante. Elle se dirigeait justement vers les deux jeunes pensionnaires et signifia à la nouvelle venue que l'autre était punie et qu'il était défendu de lui parler.

Plus loin, Éléonore tenta d'obtenir des informations auprès d'autres filles qui lui confirmèrent qu'il ne fallait pas lui parler car elle était méchante. Cette étrange apathie de ses camarades la déçut au plus haut point : elles ne semblaient pas comprendre ce qu'elle leur disait, la regardaient avec indifférence ou désapprobation, c'était selon. Brebis, elles prenaient inexplicablement le parti des loups.

Toutes les nuits, dans le dortoir des Moyennes qui lui était échu, sa voisine de lit chuchotait sa peur de l'Enfer pour la convaincre de son existence. Cette fanatique de l'Apocalypse en ignorait les tortures, mais c'était encore plus terrifiant d'après elle, car l'imagination ne suffirait jamais à concevoir l'extrême douleur. Et cela donnait lieu à une gamme infinie de suppositions, qu'elle ne manquait jamais d'égrener à l'oreille d'Éléonore. Celle-ci ne répondait pas, faisait semblant de dormir. À son avis, les limbes mornes sans joie ni peine généraient des souffrances bien pires : elles lui rappelaient sa ville natale. De toutes les façons Éléonore savait qu'elle n'irait jamais parmi les méchants, car elle parlait avec Jésus, lui commandait de faire la pluie ou le soleil, elle lui rendait grâce en un culte animiste hérité de son enfance à la campagne.

Mais elle n'avait pas encore rencontré le Mal absolu.

X
Le camp de dressage

Les grilles du camp de dressage auquel l'avaient assignée ses parents se refermèrent.

Le père Vignemale se présenta en tant que directeur de l'Institut Bonne-Dame-de-Soulages, et de leurs consciences, plaisanta-t-il. Il se montrait dynamique, fringant même, taquinant avec bonhomie les deux sœurs et les pensionnaires. Le vendredi et le dimanche il viendrait les confesser, échanger sur la famille qu'ils formaient dorénavant, toutes et tous ensemble. Elles le verraient peu en dehors de ces visites car sa mission pastorale, la gestion administrative et spirituelle de l'école lui prenaient beaucoup de son temps.

Les tâches, hormis les cours, se succédaient, scénographiées avec une minutie maniaque. Au petit déjeuner, des pichets d'inox exhalaient leur odeur amère de chicorée. Elles priaient, balayaient, faisaient la vaisselle et les cours débutaient. L'année 1982 n'avait pas encore quitté les années trente.

L'enseignement dispensé par sœur Joseph était plutôt succinct, les cours de littérature se limitaient au ressassement de *La Chanson de Roland*, du *Tour de France de deux compagnons* et de *La Légende dorée.* Le latin et le grec en revanche la passionnaient car sœur André y excellait.

Éléonore se jeta dans le thème et la version pour combler le vide qui s'était creusé, cette douve invisible qui la séparait des autres. Ses camarades se faisaient tancer quand les déclinaisons ne rentraient pas, les coups de règle n'étaient pas rares. Éléonore en revanche travaillait sans relâche et les récits de César dans la Narbonnaise ou les chants d'Homère peuplaient ses rêves dans d'hallucinantes reconstitutions. Les livres ne lui faisaient pas défaut : la bibliothèque de l'Institut possédait une centaine d'ouvrages et, entre *Vies des hommes illustres* de Suétone et les *Chroniques* de Grégoire de Tours, elle avait déniché un volume de Plutarque, mal rangé, dont le titre, *Vies parallèles*, avait aiguisé sa curiosité.

L'après-midi, les pensionnaires pratiquaient le chant, la couture, le repassage. L'horticulture leur tenait lieu d'éducation physique et sportive. Le jardin n'avait aucun charme : elles y bêchaient les bettes, les navets, les pommes de terre, toutes sortes de tubercules. Pour jouir d'un peu de solitude, elle essayait de lambiner entre deux brouettées de mauvaises herbes qu'elle portait au feu.

La chapelle Saint-Prou, oratoire privé du directeur, se trouvait au fond du jardin qui s'achevait en une pente escarpée offrant une vue plongeante sur le fleuve. Partout ailleurs, un épais mur de pierre ceignait le domaine, le logis du père Vignemale d'un côté, et le dortoir, le réfectoire et les salles de cours de l'autre, en un seul grand bâtiment.

Contre le mur d'enceinte, l'église Sainte-Barbe était l'unique sas où rencontrer le monde extérieur. Les familles endimanchées s'y pressaient pour assister aux offices, sempiternelles tragédies théâtrales où le père Vignemale, en sa panoplie roide, prêchait en latin ses ouailles les plus conservatrices. La petite église du centre-ville accueillait quant à elle les prolétaires et les manants.

De l'autre côté de la travée centrale, elle adressait le dimanche un signe à ses parents. Après la messe, ils déambulaient sans but sur le parvis puis sa mère lui remettait son linge propre.

Une année s'écoula. Pour les vacances elle fut exhibée comme une bête de foire, chez les tantes, une grand-mère, des cousins germains. La mère, emplie de fausse modestie, se réjouissait de ce que Bonne-Dame-de-Soulages lui avait permis d'accomplir comme progrès. Sa fille revenait dans le droit chemin, dans le cercle très fermé des gens comme il faut.

Mais la gamine avait fait main basse sur un trésor. Pour se détourner de l'ennui estival elle avait dérobé un livre à la bibliothèque municipale. Non qu'elle manquât d'ouvrages à l'Institut ; mais celui-ci lui avait paru d'un genre nouveau : sur la couverture une femme nue arborait une mitraillette et une casquette militaire. Son air de défi, de supériorité, d'arrogance lascive lui avait tout de suite plu. Ses longs cheveux roux et la bouche vermeille la fascinaient et elle reçut comme une révélation qu'une autre espèce de femme existait sur Terre.

Dans ce livre adoré, elle relisait le passage où un homme muni d'une montre waterproof étanchait son désir avec Kalinka sur la moquette d'une chambre d'hôtel en Extrême-Orient.

Éléonore connut la volupté, l'ivresse de la transe.

En septembre, de retour à l'Internat, elle serrait son butin sur son cœur.

XI
Le soir

Elle ne chercha plus le contact de ses camarades, encore plus mutiques que l'année précédente, dont les regards se chargeaient de désapprobation dès qu'elles l'apercevaient.

Quant aux sœurs, elles n'osaient la harceler comme elles le faisaient avec les Petites que l'on voyait souvent à genoux à côté de leur lit, le visage dans les draps souillés, ou debout dans la cour avec leur chemise trempée.

Parfois les religieuses se devaient de rapporter au curé que telle ou telle était intenable, et alors le bon père Vignemale accueillait la gamine, après le repas, pour un entretien spirituel à la chapelle. La bienveillance dont il faisait preuve avec ses filles contrastait avec l'attitude revêche de sœur Joseph qui tenait sœur André sous sa coupe.

L'on ne dormait pas très bien. Le soir, les Petites refusaient d'aller au lit, avaient mal au ventre, et cauchemardaient dans la nuit nauséabonde. Personne ne se levait pour les consoler, et les sœurs ronflaient dans leurs chambres aux deux extrémités du dortoir. Les sanglots entamaient à peine la nuit de leur vénéneuse rosée.

À l'image des hyènes, les religieuses flairaient qu'Éléonore était exclue du troupeau et la surveillaient sans relâche, à l'affût d'une faute. Un soir elle fut punie, les genoux sur un manche à balai. On ne donnait jamais d'explication, car un principe présidait à cette torture pour son bien : il fallait qu'elle reconnaisse d'elle-même son péché. Mais elle ne voyait pas ce qu'elle avait pu faire de mal.

Comme elle n'avouait rien, la sœur Joseph qui avait l'œil mauvais lui ordonna froidement de se rendre dès le lendemain chez le père Vignemale afin de se faire sermonner, pour de bon cette fois.

Dans son bureau, Vignemale l'accueillit d'un sourire accort, mais ne se leva pas du fauteuil. Le *S.A.S.* trônait en évidence sur son bureau. Kalinka souriait comme la Vierge sur les icônes d'Orient.

Il employa la raison pour la réprimander et l'intelligence d'Éléonore fut flattée par ce ton plein de considération. Elle comprenait qu'il était problématique d'avoir dissimulé cet ouvrage peu recommandable. Mais ce ne sont que des histoires, protesta-t-elle. Jeune fille, jeune fille, vous êtes encore très inexpérimentée, je vous en conjure ne salissez plus votre âme avec ces romans qui font l'éloge de la violence. Le corps est un don de Dieu, pas le maquillage et encore moins les armes.

Il l'attira à lui, consolateur, elle s'agenouilla et il baisa la racine de ses cheveux en inspirant trop profondément la sueur de son cuir chevelu, tout en agitant sa main sous la chasuble.

Confusément, elle sut qu'il était trop tard, mais restait pétrifiée. Il l'emmena à la chapelle pour prier de concert. Remontant le chemin de croix, il la conduisit à la petite sacristie, se servit en vin de messe, et soupira, attristé.

Viens par là, communie avec moi dans le Seigneur, il te sera pardonné. Il lui tendit son verre. Il touchait son tablier, son chemisier, sa jupe fine, appuyait entre ses fesses. Puis huma ses doigts, un sourire fauve à la bouche.

XII
Descente aux Enfers

Il l'enferma dans une dépendance de la sacristie, lui demandant de méditer sur la peine qu'elle avait faite à la glorieuse mère de Dieu, et lui recommanda la pénitence.

Ce cagibi où l'on descendait par un étroit escalier ressemblait davantage à une crypte qu'à un placard. Elle y était à l'étroit et un maigre vantail jetait par sa fente un éclat de lune sur les murs fuligineux.

Elle s'assit les bras autour des genoux, tentant d'évacuer sa rage et le goût infect du foutre ecclésiastique qui rongeait sa bouche. Ses deux oreilles étaient presque décollées. À n'importe quel prix, s'échapper de cet Institut maudit.

Dans l'obscurité aux bouffées d'humus elle discerna un escalier de pierre plongeant dans une cave dont le cagibi n'était que l'antichambre. Elle s'accroupit : une tiède atmosphère au goût de champignon lui monta au visage, puis elle descendit les marches exiguës qui tournaient en colimaçon dans les entrailles de la terre.

Tout en bas le son était assourdi. Elle devina une vaste cave voûtée servant peut-être de réserve pour le vin. À quatre pattes elle tâtonna le sol couvert d'une fine couche de terre presque poussière. Au fond, rencontrant un mur, ou un éboulement, elle se releva, se cogna la tête contre une étagère de calcaire aménagée dans la roche.

Assommée par la douleur due au viol qu'elle venait de subir, la jeune fille s'allongea et tomba en catalepsie, brisée, toute volonté anéantie.

Elle ouvrit les yeux, combien d'heures s'étaient écoulées ? Elle traça à l'aveugle quelques dessins sur le doux sable du sol puis suivit du doigt une fine aspérité qui courait en droite ligne, une dalle semblait-il, qui affleurait. Elle gratta de l'ongle, puis tous ses doigts fouirent comme de petits animaux. Le joint meuble s'effritait, pulvérulent. C'était sa colère qui creusait. Elle pensait se saisir de la dalle rugueuse pour la balancer à la tête de Vignemale, si toutefois il reparaissait.

La pierre lui blessait les doigts, les écorchait à vif. Son ongle se retourna, elle hurla de douleur. La voûte étouffa ce cri et renvoya en écho un silence touffu, une pression acoustique qui l'englobait comme une bulle.

La dalle bougea, grinça. Ses deux mains glissées dans l'interstice soulevèrent ce bloc, l'ouvrant comme une porte sur un réduit aux parois de bois.

Du buis, se dit-elle en aspirant cette odeur de cimetière. Elle plongea l'avant-bras dans la cavité et en ressortit une pochette de cuir qui sentait l'animal blessé. Elle la glissa sous son chemisier, coinçant le paquet dans sa ceinture, replaça la dalle et remonta au cagibi : elle venait de changer ses plans.

Sœur Joseph vint lui ouvrir et la gosse se morfondit, battit sa coulpe, en appelant à la clémence de la sœur et de Dieu, elle voulait bien faire tout ce qu'on voulait pour se racheter. Dissimulation. Contrition. Imparable.

Elle fut emmenée au réfectoire où elle demanda pardon à toutes les convives pour son comportement inapproprié. Elle fut autorisée à se sustenter mais pas à reprendre les cours. Une semaine d'exclusion : elle devait s'estimer heureuse, éprouver de la gratitude envers la compassion du père Vignemale qui n'avait pas jugé bon de prévenir ses parents ni de la renvoyer.

Au lieu de suivre les cours, elle irait au jardin pour en ôter les mauvaises herbes. Là, elle l'avait déjà envisagé, les irrégularités du mur derrière le tilleul pourraient lui servir à escalader. Joseph, qui devait la surveiller, buvait en cachette dans l'appentis où elle entreposait les outils ; persuadée qu'il fallait saisir cette opportunité sur-le-champ, qu'après il serait trop tard, la jeune fille courut jusqu'à l'arbre, glissa ses chaussures menues sur les aspérités des moellons : elle atteignit le sommet en quelques secondes.

Elle sauta deux mètres environ, un fossé d'herbes folles amortit sa chute. Puis courut vers la forêt sans un regard en arrière pour cet infernal internat qui lui avait volé, non pas seulement deux ans de sa vie, mais encore toute innocence et tout espoir.

XIII
La relique

Cachée dans les sous-bois, elle souffla un peu, se dissimula au cœur d'un buisson au pied d'un chêne imposant. Elle attendrait le lendemain pour avancer. D'ailleurs, pour aller où ? Elle l'ignorait, mais se sentait vivante ; il fallait dormir, puis réfléchir.

Plus tard, elle s'éveilla sous les étoiles qui dansaient avec la cime des arbres. Elle n'arrivait pas à s'expliquer qu'elle n'ait pas fugué plus tôt. Elle ferait du stop, irait à Paris, qu'importe, elle saurait se débrouiller. Éléonore sortit enfin de son corsage la sacoche de cuir chaud et la déplia doucement pour ne pas casser la peau durcie et séchée. Elle écarta les plis du linge blanc qui se trouvait à l'intérieur pour sortir de sa cachette séculaire une croix d'or mat et sali par la crasse d'un autre temps. La lune jaillit à son tour.

La splendeur de l'objet lui conférait une sorte de magnétisme. Les pierres disparates qui l'ornaient, émeraudes, rubis, améthystes et saphirs, avaient chacune une forme particulière, dont les sertissages épousaient les courbes. Un ourlet de perles irrégulières courait sur les arêtes de la croix. En son cœur, un cabochon couleur miel de la taille d'un œuf, translucide et troublé par de menues impuretés, se bombait dans l'épaisseur de la croix.

L'œuvre d'un joaillier barbare. Elle avait lentement approché son œil de l'œil d'ambre, un globe assez lisse, afin de contempler la lune au travers. L'astre pénétra tout entier dans le magma orangé. Une dent minuscule apparut en intaille sur la lune, flottant dans cette bulle solide, une canine d'ivoire, une dent de lait eût-on dit.

Fascinée par la richesse matérielle de ce trésor, mais plus encore par la beauté baroque et sans âge de la dent, elle se sentit revigorée. L'incongruité de sa trouvaille lui prouvait qu'il s'agissait d'un signe placé sur sa route par le destin.

Finalement, elle exultait, se sentait libre, reprenait contact avec elle-même. Elle était la louve qu'on avait voulu transformer en chatte. Chaque pas loin de cette prison avait été une renaissance.

À l'aube elle rejoignit une route vicinale qu'elle parcourut dans le calme de la campagne. Le pied faisait le chemin, se disait-elle, et le chemin était dans le pied. Tout à ses réflexions métaphysiques, elle ne comprit pas que la camionnette des gendarmes venait de s'arrêter à son niveau.

XIV
Les progrès de la science

Pensez : les gendarmes. Les parents la giflèrent, l'enfermèrent dans sa chambre. Ils se mortifiaient en se demandant sincèrement quel péché ils avaient bien pu commettre pour supporter la conduite insensée de cette fille ingrate. La faute n'en pouvait incomber à leur sang, pas plus qu'à l'éducation qu'ils s'étaient sacrifiés à lui donner. Quelle honte. Mais le mal était fait, la camionnette bleue était garée sur le pas de leur porte et les gendarmes embarrassés regardèrent ailleurs quand la scène du retour de la fille prodigue éclata.

En ultime recours, et par amour peut-être, les parents se fieraient aux arrêts de la Faculté. Le père manifestait le besoin de se référer à de puissants confrères lorsque les cas de ses patients se compliquaient. L'un d'entre eux lui conseilla une excellente maison de repos, moderne, dont les activités de réadaptation se fondaient sur la technologie et l'art. Elle serait bien soignée.

Les Bondouffle furent reçus par le chef de la clinique, le professeur Lambeau, un psychiatre, qui après avoir entendu le réquisitoire de la mère et pris note de la respectabilité du père leur annonça que la petite traversait probablement une crise hystérique. Si l'on n'y prenait garde cela dégénérerait en psychose. La poterie et le macramé, assaisonnés de courts électrochocs, étaient fort recommandés. Mais ce serait long : il avait observé le matin même son horrible crise de nerfs quand les infirmiers étaient venus la prendre ; pourtant il certifia pouvoir la guérir.

La mère souffla car sa fille devenue officiellement malade sauvait l'honneur de la famille. Face aux autres femmes dont elle était la guide et le modèle, Mme Bondouffle pourrait faire jouer à plein son statut de victime.

Les déviances de sa progéniture seraient peut-être un jour oubliées dans le bourg, qui s'arrangeait toujours pour n'ouvrir les yeux que sur les faiblesses socialement tolérées, une maladie par exemple.

XV

La clinique du professeur Lambeau

Avec quelques sangles et une chambre capitonnée l'on faisait des miracles en 1984. Pour celles qui avaient résisté au harcèlement moral qui alors tenait lieu de principe éducatif, au catholicisme, à l'enfermement, aux traitements ignobles menés sur leurs corps, l'étape suivante était le placement en maison de repos, autrement dit l'hôpital psychiatrique.

Des jeunes filles, en majorité, de classe moyenne ou de bonne famille entraient en ce panthéon de la science pour leurs crises de nerfs, anorexies ou autres tentatives de suicide. Mais le plus souvent elles étaient internées pour avoir, même inconsciemment, voulu jouir d'une liberté de mouvement, de la faculté de jugement, et bien sûr de la vibrante douceur de leur corps.

Celles-ci étaient les prisonnières politiques de l'ordre social qui reposait sur l'hygiène mentale. Et par hygiène mentale, on était priés de comprendre : comportement régulier.

N'ayant profité que peu de temps de sa fugue nocturne, elle en avait malgré tout gardé la certitude qu'elle avait vu juste et qu'elle avait eu raison de s'enfuir.

Elle s'était débattue au début mais la chimie avait peu à peu annihilé tout esprit de résistance. Endolorie, elle planait constamment, c'était quand même un sort plus enviable que celui qui lui était promis à l'Institut.

Le bon professeur Lambeau avait contacté l'école afin de constituer un dossier plus complet sur sa jeune patiente. L'avis de sages pédagogues était toujours bon à prendre.

Lambeau, consciencieux psychiatre, se tenait informé des nouveautés en matière de traitement de l'hystérie chez les jeunes filles. La psychiatrie devait parfois investiguer en direction de méthodes plus spirituelles et tenir compte des caractéristiques sociologiques des patientes. La religion n'était-elle pas un moyen qu'avaient trouvé les gens frustes du passé pour soigner les maux de l'âme ? Il sourit avec bonhomie, admirant sa largesse d'esprit.

Il téléphona à Vignemale. La présence d'un homme d'Église au chevet d'Éléonore la réconforterait, il pourrait lui donner des nouvelles de ses camarades et de ses professeures, cela stimulerait probablement son envie de guérir et de retrouver les joies du monde extérieur.

Lorsque, attachée sur son lit de fer, elle ouvrit les yeux sur un Vignemale plein de componction chafouine, ses nerfs se tendirent comme la corde d'un arc. Il pria de plus belle, égrenant son chapelet, murmurant qu'il lui pardonnait. Mais l'exorciste était le diable en personne. Alors elle convulsionna, hurla, ou plutôt gueula d'une voix qui ne semblait plus lui appartenir, dans une langue venue d'un autre pays, ou des profondeurs du passé.

Elle avait réussi à se mutiler en donnant du crâne sur la tête de lit, bien qu'on eût resserré ses liens aux chevilles et aux poignets. Grâce à son aiguille Lambeau la plongea dans un sommeil lourd, un coma qui la fit sembler morte.

Quelques semaines plus tard, la belle s'éveilla, avec pour prince charmant un infirmier joufflu qui ressemblait à ces angelots potelés, les *putti*, dont on apercevait les culs rebondis sur les poutres de l'église Sainte-Barbe. Elle avait encore quelques visions mais cllc avait repris des forces, alimentée tout ce temps par perfusion. Pendant les jours qui suivirent, elle eut de brefs éclairs de lucidité entre les différentes prises de son traitement. Peu de temps après on la détacha.

La visite de Vignemale avait déclenché une pathologie que le docteur Lambeau considérait comme une preuve de démence mais qui n'était autre que la somme de ses rages, endiguée par la camisole chimique.

Errant dans les couloirs de ce palais décati, elle avait jeté un œil hagard sur cette petite société des parias de la norme, ceux et celles que l'on appelait les aliénés.

Les pilules polychromes servaient de monnaie d'échange au sein de la clinique. Les patientes les troquaient comme on collectionnait les vignettes Panini. Quant aux infirmiers, désireux d'arrondir leurs maigres fins de mois, ils en avaient organisé le marché, avec ses taux de change, sa bourse des valeurs et ses intérêts qui consistaient souvent en une rapide fellation dans le placard à balais.

Elle commença à soustraire quelques somnifères puis les troqua contre de puissants excitants. Elle diminua ses prises, se mit à stocker ses pilules dans un pied-barreau du lit. Elle attendait que les cours montent puis « revendait » les cachets bleus, les verts, les orange : il y en avait pour tous les goûts et pour toute sorte de *trip*. Quand elle était obligée d'avaler, elle se faisait vomir dès que l'infirmier avait tourné le dos.

Elle n'aurait aucun moyen de survie à l'extérieur, si toutefois elle parvenait à s'échapper une seconde fois, sans son paquet de bonbons multicolores.

Bien que tout fût entrepris pour la convaincre du contraire, elle eut l'intime conviction qu'elle n'était pas folle. Certes elle avait eu des troubles, quelques idées de meurtre et des bouffées de violence qui décuplaient sa force, des automutilations aussi, des visions, mais elle restait persuadée que ces réactions avaient été provoquées par ses séjours successifs à l'internat puis à la clinique.

Pas de mur d'enceinte ici, mais des champs de betteraves à perte de vue.

XVI
Out et stop

Le professeur Lambeau avait téléphoné au père d'Éléonore ; ni l'un ni l'autre ne souhaitait prévenir les autorités, la ville d'Alone bruissait encore des ragots sur leur précédente visite chez les Bondouffle ; de toute façon elle allait avoir seize ans, les gendarmes ne bougeraient pas c'était certain. Elle reviendrait sûrement.

Mme Bondouffle accentua sa posture de mère courage et tenta d'oublier son inadaptée de fille. La gamine s'était évanouie dans la nature, c'était tant pis pour elle, après tout le mal qu'on s'était donné. Un décès eût été presque plus honorable. L'événement de la fugue avait été étouffé dans la petite ville. Les voisins, et même les parents, s'accordèrent à croire, et finirent d'ailleurs par croire vraiment à une incurable maladie de la fille : on les plaignait.

Les siècles engluaient de leur cire la province figée, malgré les réunions Tupperware et les jeans Levi's.

Avec le sac à dos oublié par une jeune malade qui était « partie », elle passerait aisément pour une lycéenne à condition d'éviter de déambuler en milieu de matinée ou d'après-midi. Elle pourrait aussi progresser la nuit. Elle se sentit loin déjà.

Au petit déjeuner, les pichets d'aluminium dégageaient la même pestilence de chicorée qu'à l'Institut. Alors, se saisissant d'un bol de verre, elle se servit en poudre chocolatée à laquelle les cuisinières ajoutèrent de l'eau chaude puis dévora une de ces tranches de pain trop blanc avec la confiture, abjecte, de fraises sirupeuses.

Elle débarrassa, s'en fut en cuisine pour se laver les mains : elle avait dissimulé le cartable plein de ses précieuses drogues sous l'évier. Elle se posta sur le seuil de la porte arrière qui donnait sur un parking puis gagna une vaste poubelle. Elle s'y cacha, attendit qu'on l'emmène faire l'école buissonnière. Ça y était, ça roulait. Elle attendit encore un très long temps avant de soulever le couvercle. On les avait déposées, les ordures et elle, sur la grande avenue qui longeait la clinique.

Tel un diable blond elle jaillit de sa boîte et longea la rue au pas de course. Quand une voiture passait, elle fonçait, tête baissée, sac au dos. Ou faisait parfois semblant d'attendre le bus. Elle traversa le centre-ville inconnu.

Éléonore avait décidé de ne pas commettre la même erreur que lors de sa précédente échappée. Pas question cette fois de se prélasser dans les bois en attendant que les gendarmes viennent la cueillir. Non, elle rejoindrait une autoroute, et vite.

Vers midi, elle arriva en périphérie dans une zone d'activités commerciales aux entrepôts désertés. Naviguant entre les hangars de zinc elle parvint à un péage et s'orienta vers l'aire de repos, en quête de quelque sandwich abandonné aux poubelles.

Elle scruta les voitures stationnées, les parents et les enfants. En refaisant ses lacets imaginaires, elle se disait que les familles, ce serait une mauvaise idée. Un jeune homme, seul, fumait une cigarette par la fenêtre de sa voiture et consultait une carte routière.

Elle s'approcha de lui. Comment elle s'appelait ? Pourquoi ? Il rit. Il montait à Paris.

XVII
Fitch

Fitch poussait la voiture au bord de l'implosion, les doigts nerveux et jaunes de nicotine sur le levier de vitesse ; ils ne pouvaient pas vraiment entamer de discussion dans ces conditions. Elle pensait que les portières allaient tomber et que la carcasse s'ouvrirait comme un fruit écartelé. Il hurla que sans stop la vie ne valait pas trop la peine d'être vécue. Il rit encore. Il riait tout le temps.

Mais elle réfléchissait. Fitch avait demandé son nom. Que pouvait-elle répondre à la question douloureuse de son identité officielle ? Certes, on devait la chercher, mais ce n'était pas tellement la nécessité de l'anonymat qui la retenait, surtout avec un gars comme Fitch que ça n'avait pas l'air de déranger. Et non seulement il avait l'air de trouver sa présence naturelle, mais il disait que c'était un vrai coup de bol, il détestait voyager seul.

Non, ce qui la retenait c'était cette incapacité à rouvrir la blessure de son prénom qui la ramènerait trop sûrement vers l'enfance, cette ère lointaine où l'on ne l'appelait pas encore la Petite, Jeune Fille, Bondouffle ou Chambre 23.

Elle ne pourrait plus jamais prononcer le prénom qui remuait en elle la nostalgie la plus atroce.

Dans le crépuscule la caisse vrombissait comme un bourdon chargé de pollen regagnant sa ruche. À l'arrière quelque chose claqua et le pot d'échappement émit de grosses bouffées noires. On s'arrêta sur une aire de repos.

Fitch, peu affecté, plaisantait à propos de l'incident. Il s'esclaffa. Elle sourit : il était mal coiffé, mal attifé aurait dit sa mère, et ressemblait à un renard.

De toute façon la caisse était volée, hein.

Ils gagnèrent à pied une station-service, il lui passa une bouffée de son joint. Elle inspira l'herbe en même temps que l'atmosphère chaude et lumineuse qu'exhalait cette station d'essence complètement déserte, brillant telle une apparition. Elle ressentit un apaisement incroyable et son imagination, toujours fertile malgré les multiples assauts de la mort psychique, se délia comme elle ne l'avait pas fait depuis plusieurs années. Elle pouffa. Il pouvait l'appeler la Russe à cause des communistes. Il s'esclaffa, t'es grave toi.

Fitch, à peine plus vieux qu'elle, n'avait pourtant pas d'âge. Ses oreilles étaient sales, il était gouailleur et rigolard. Au petit matin, après avoir dormi assis, tête à tête contre la vitrine de la boutique, ils abordèrent ensemble la première automobiliste. Paris n'était qu'à une centaine de kilomètres, ils furent vite arrivés.

XVIII
Vignemale veut sa peau

Cette démone était chez les fous. Elle allait finir là-bas, se réjouissait Vignemale.

Il se resservait un porto lorsque l'aumônier qui exerçait dans les maisons de retraite et les hôpitaux arriva pour l'apéritif. Vignemale interrompit son geste pour discuter un peu. Il apprit la disparition de son ancienne élève. Le directeur conserva extérieurement son calme, mais il n'était pas tranquille. La savoir dehors l'inquiétait pour la réputation de son Institut. La liberté lui semblait dangereuse, surtout pour les filles.

Alors qu'il cherchait à obtenir davantage de détails auprès de l'aumônier à qui il avait finalement offert un verre, le chef de chantier frappa à la porte ouverte. Décidément, le porto attendrait. Quoi encore ?

Vignemale avait décidé d'entreprendre les travaux d'assainissement et de réfection de la chapelle

Saint-Prou située au bout du domaine sur la falaise dominant le fleuve. Les murs se lézardaient et menaçaient de s'effondrer si l'on n'en consolidait pas les fondations. En dessous le terrain était poreux, friable, il fallait couler du béton pour colmater le sous-sol.

Mais le maçon venait de signaler un curieux ouvrage sous un pavement descellé, monsieur le curé pouvait venir voir s'il avait cinq minutes.

Vignemale un peu excédé descendit à la chapelle, dévala les deux escaliers ; les ouvriers avaient tiré un fil électrique, il découvrit ainsi la petite cavité mise au jour.

Ce n'était pas un trou mais bien un espace rectangulaire tout entier occupé par un coffret de bois poli. Les montants étaient chevillés, un ouvrage ancien.

Bondouffle avait été la dernière à passer la nuit ici. Puis s'était enfuie. Et avait de nouveau fugué. Ma parole, elle était possédée.

Les deux nouvelles coup sur coup secouèrent le père Vignemale qui n'était pas bête. L'aumônier enfonça le clou : la diablesse avait sûrement dérobé quelque chose.

L'évêché conseilla de déclarer le pillage, mais Vignemale était dans l'incapacité de décrire ce qui avait été volé : il serait presque impossible qu'on retrouvât le contenu du coffre de buis.

Le trésor pourrait poursuivre son voyage, puisqu'il n'avait aucune existence légale.

XIX
Le squat

La Russe, le Rat. Le Rat, la Russe. Fitch la présenta aux membres de cette communauté plus connue sous le nom de Zone. Le Rat, à qui il manquait le chicot du haut, prit une voix cérémonieuse de majordome pour les informer que les frères Karamazov rentreraient tard, ils avaient un truc au feu. Ils rirent, elle se sentit tout de suite chez elle.

Les garçons lui attribuèrent une pièce dans cette baraque que l'on devait bien appeler un squat. Elle ne crut pas à ce qu'elle découvrit : une vaste chambre des années cinquante, avec sa cheminée de malachite, son parquet blond vénitien, son lit bateau. De vieilles strates de tapisseries florales arrachées composaient d'originales associations d'époques : sur des balancelles des bergères roses montraient leurs dessous, les pistils d'impression seventies formaient des feux d'artifice criards, jungle naïve et oiseaux moqueurs.

Trois livres sur une étagère poussiéreuse certainement oubliés par les habitants successifs : *La Plomberie par vous-même*, *Guignol's Band*, *La Guerre des Gaules*. Elle fut conquise. L'édredon volumineux sentait la crasse et la sueur mais cette pièce était bien à elle pour un temps.

Le soir ils préparèrent un mafé avec une boîte de Dakatine, du riz et du piment, même si la recette originelle comprenait également du poulet ou du poisson, précisèrent les frères Karamazov qui étaient jumeaux. Personne ne la questionna sur son âge ni sur sa famille, ni sur sa géographie personnelle, pas plus que sur sa religion. On lui foutait la paix, et les gars rigolaient parce que la Russe et les Karamazov ça allait faire la paire, ah, ah !

Alors Éléonore déballa ses médicaments sur une espèce de tablier car la table était rongée de rouille. Hallucinés, les squatteurs décidèrent qu'ils iraient à tour de rôle écouler ces drogues à la cafétéria de la fac la plus proche.

Dès le lendemain, les bonimenteurs sans vergogne firent abouler les thunes. Et quelques jours plus tard, ils eurent assez pour investir dans une savonnette de shit. C'était le lingot du pauvre, ils disaient.

Bientôt elle devint une crevarde de la meute à part entière. Sa belle gueule de madonne, ses manières contenues, sa jeunesse éblouissante, son teint d'ivoire lui permirent de devenir en peu de temps une reine de l'arnaque : elle commença par embobiner les étudiants à propos d'une association pour les enfants tétraplégiques ou atteints de myopathie, peu importait, elle soutirait du fric.

Elle se débarbouillait dans tous les Balto de la capitale, pour les douches il fallait aller au Foyer des jeunes travailleurs qui leur refilaient les clés contre un peu de shit.

Ils commettaient aussi de petits vols entre amis : braquage de cabines téléphoniques, parcmètres. Mais le plus rentable, c'était le cuivre. Repérer en journée les bâtiments désaffectés, sortir de nuit, exploser les tuyaux, charger le Caddie®. Aussi organisés que des chasseurs de mammouth.

Le Rat et les Karamazov jouaient parfois au tarot douze ou treize heures d'affilée en des instants suspendus. Ils semblaient des zombies échappant à l'empire du temps, comme les compagnons de Münchhausen dans le ventre de la baleine.

Mais pendant les fêtes on échangeait bières, joints et rires, guitares et darboukas. On s'informait des nouvelles guerres de territoire menées pied à pied contre la police et les municipalités. La Zone incarnait une résistance à la logique des Algeco dont les maîtres d'œuvre cernaient les terrains vagues comme des joueurs de Lego sous neuro-stimulants. Les cafétérias pour cadres se multipliaient telles d'inéluctables verrues. Le Moloch de béton en demandait toujours plus et Paris ne l'avait pas rassasié.

En quelques mois, le placard de sa chambre recelait trois savonnettes. Un gars qui s'y connaissait était descendu dans les égouts pour raccorder la flotte. Une partie du shit servit de paiement. On pourrait arrêter de chier dans la rue, et bientôt ils mettraient aussi l'électricité. Ce serait pratique pour lire au lit, songeait-elle.

Au squat se mêlaient les chiens et la musique, les rancœurs, les amours, les ongles noirs, les pièces vides, les coursives de bois, l'atelier, un coin de terre où poussaient des sumacs. Îlot perdu parmi les tours spectrales de la porte de Choisy, l'archipel Juan Fernandez dont ils étaient les Vendredi.

Mais la vie des squats était éphémère, il fallait sans cesse préparer la fuite. Pour la Russe, c'était devenu un instinct primaire. Elle mettait à profit ses journées d'errance pour repérer les maisons abandonnées, en attente de procès pour héritage, ou simplement hantées. Ils trouvaient parfois dans les matelas de ces pavillons de vieux billets, des anciens francs qui ne valaient plus rien, même aux puces. Cependant ils ouvraient des maisons, fébriles, car la rumeur d'une descente prochaine dans le quartier avait commencé à circuler : il fallait rapidement songer à se reloger.

Lorsque les poulets encerclèrent la maison, la bande était déjà loin. De bris de portes en coups de latte dans les volets, ils vécurent heureux, voguant dans le tourbillon en spirale des arrondissements de Paris.

XX
Perte des compagnons

À force de déplacements, ils durent former de plus petits commandos pour trouver à bouffer. S'organiser chacun dans son coin. Petit à petit, à cause des déménagements successifs, elle perdit de vue plusieurs compagnons d'infortune. Ils se retrouvèrent tous les deux, avec Fitch. Il avait forcé une chambre de bonne de 10 m² dans laquelle ils seraient à l'aise.

Elle était certaine que les flics, ses parents, Vignemale et Lambeau ne la retrouveraient jamais – et comment feraient-ils, ces démons, si elle-même avait tu son propre nom ? Elle n'avait ni papiers d'identité, ni permis de conduire, ni compte en banque, ni sécurité sociale, ni feuille d'imposition. Elle se tranquillisa. Cette absence d'existence officielle était devenue une force.

Fitch était le seul avec qui elle traînait vraiment, ils s'entendaient comme deux larrons en garde à vue. Il était maigre, les cheveux d'une blondeur pâlie, hérissés par la crasse, et passait son temps à rire et à fumer ; son extrême sociabilité le rendait séduisant. Souvent ils dormaient ensemble, pour fumer un dernier joint avant d'éteindre la lumière, riaient-ils car il n'y avait toujours pas d'électricité. Mais jamais le désir ne l'emporta sur les traumatismes de la Russe. Le sexe et le plaisir, c'était encore loin.

Elle conçut un nouveau plan.

Elle détailla à Fitch la combine qui leur permettrait de vivre, peut-être à l'étranger pourquoi pas ? Un peu par vengeance personnelle et beaucoup par expérience elle avait dans l'idée de frapper les églises au porte-monnaie, qu'elle et Fitch se fassent pilleurs de troncs d'un genre moderne, chasseurs de châsses.

Il sourit. Oui, pas de caméras, pas de protection comme dans un musée, pas de gardiens. Et elle savait quand les églises étaient les moins fréquentées. Les trésors qu'on y pouvait trouver.

Le Gitan de la casse qui leur achetait le cuivre leur indiqua un fourgue près du canal que ça pouvait intéresser, les chandeliers et toutes ces merdes.

Alors ils s'attaquèrent à l'église Saint-Laurent-du-Maroni au nord de la capitale. Une bâtisse déserte, quels que soient l'heure et le jour, presque noire de pollution. Sac sportif à l'épaule, ils décrochèrent une lampe à huile, subtilisèrent un encensoir. On força le saint des saints au pied-de-biche pour s'emparer d'un calice en argent.

Avec l'habitude, Éléonore pénétrait comme une fouine dans les édifices, fonçait vers les autels, explorait les angles morts. Elle exultait, pillait, crachait dans les bénitiers en partant.

Un jour, Fitch se retrouva par hasard avec elle dans un confessionnal, ils continrent un fou rire terrible ; ils tombèrent dans les bras l'un de l'autre. Elle roula sa première pelle. Si par quelque hasard un fidèle s'était trouvé à proximité, il aurait eu une vision : la petite cabane de bois grillagée tanguait, émettait des gémissements languides.

Ils se firent enfin assez de blé pour sous-louer une planque dans un bar borgne. Le fourgue prenait tout, les ciboires s'écoulaient comme les fameux petits pains, toujours plus nombreux, car forcer un tabernacle était à la portée du premier guignol qui en avait l'idée.

Derrière le zinc du Bejaïa, une trappe permettait d'accéder à la réserve par un monte-charge électrique. Le sous-sol leur servait d'entrepôt.

XXI
Nouveau départ

Fitch s'était mis à jouer de la pipe à eau, il était raide la plupart du temps, et de nouveau elle s'ennuyait… ce fric, pour quoi faire ? Pour trouver des planques plus nombreuses et faire encore plus de coups ?

Dans la réserve enfumée, elle se sentit oppressée. Elle atteindrait son dix-huitième anniversaire en ayant vécu dans une trentaine de lieux différents dont il fallait toujours s'échapper. Quand allait-elle cesser de jouer aux poupées russes ? Depuis quelque temps, elle avait de nouveau eu des troubles de la vision qui la décontenançaient. Son regard se voilait d'orangé et le monde extérieur se modelait comme au travers d'un verre soufflé.

Elle monta fumer une cigarette au bar. Le café avait le goût ferrugineux du sang noir. Elle regarda au-dehors les platanes puis les étagères sous l'escalier qui menait au premier, à l'appartement du patron.

C'était maintenant.

Elle prit le sac qu'elle avait déposé là quelque temps auparavant, un petit nécessaire de survie.

En un instant, elle fut happée par le seuil qui une fois de plus s'ouvrait sur la suite du chemin, à croire qu'il ne cesserait jamais de se dérouler sous son pied. Sa vie était un long couloir criblé de passages, elle serait toujours sur le départ.

Un tourbillon de feuilles jaunes s'engouffra dans la salle.

XXII
Staccato sur l'autoroute

À la porte de Vanves, elle marcha vers Cité U puis traversa le périphérique. Sans y prendre garde, elle se tirait de cette ville et quittait les galères qui l'engluaient dans une course-poursuite permanente avec les flics et les bourgeois, dans un périmètre bien trop restreint.

Or elle voulait encore tirer sur la laisse.

Elle leva le pouce en une prière internationale. Stoïque et sous le vent frais, elle ressemblait à l'une de ces statues antiques enveloppées d'algues qui paraissent danser dans les courants marins.

Une voiture s'arrêta instantanément et la déposa devant le camping mort-né de la Souterraine vers midi. Elle avait dit le camping, au hasard, comme elle aurait pu dire boulevard Pompidou ou avenue Charles-de-Gaulle, c'était pareil.

Arrivée à Châteauroux en fin d'après-midi elle sauta dans un bus qui la déposerait non loin d'Alone où régnaient encore et pour les siècles des siècles le sabre, le goupillon et la faculté.

Elle ne songea pas à se rendre chez la mère et le père, ils ne l'auraient pas reconnue de toute façon. Et puis elle s'en foutait. Si elle était revenue, c'était parce que la croix, son cher trésor, l'appelait, imprimait son image obsédante et magnétique au fond de sa pupille : à la regarder de plus près, on aurait pu distinguer une dent flottant paisiblement sur ce noir d'encre.

XXIII

Inventio bis

Par-delà les faubourgs d'Alone, elle prit la départementale puis emprunta la fameuse route vicinale où, dans une autre vie, les condés l'avaient reprise. Elle longea les prés, coupa vers la lisière de la forêt puis suivit un sentier sur les flancs d'une colline. Tout en haut commençait le domaine de l'Institut Bonne-Dame-de-Soulages, et si une épaisse et haute muraille n'avait encerclé les lieux, elle aurait pu voir la vallée de l'Ode en contrebas où miroitaient les toits d'ardoise de la bonne ville d'Alone.

Elle tourna le dos à l'Institut perché sur son promontoire pour descendre comme un cabri sur les contreforts. Elle se rappelait avoir suivi cette piste quatre ans auparavant : au pied du châtaignier elle avait enfoui la croix mystérieuse et son enveloppe de cuir, enrobées dans son tablier d'internat.

Telle une chienne truffière elle se faufilait dans les taillis, pressait sa marche pour parvenir à son but. Creuser à la main demandait une certaine détermination : désormais prisonnier de racines tentaculaires, son porte-bonheur commençait à être phagocyté par le gigantesque châtaignier. Arracher les solides amarres de bois exigea une force surhumaine.

À la vue de l'ancien tablier couvert de moisissures où était brodé l'insigne honni du Cœur saignant de Jésus, les sévices qu'elle avait subis au nom de l'expérimentation de méthodes rééducatives sur les corps des filles colonisèrent sa mémoire, prirent d'assaut son esprit, en une seule bouffée de terreur. C'était toujours là, ça aussi. Elle était en sueur.

Munie de sa précieuse croix fétiche, elle regagna Paris grâce à un camionneur polonais, avec qui elle avait bien ri, malgré la barrière de la langue. Elle atterrit porte de la Villette, dévora un kebab, descendit le canal de Saint-Denis, passa au Bejaïa, d'où elle était partie la veille.

Fitch était absent, sans elle il ne foutait probablement rien quelque part. Elle griffonna un message et partit, saluant le patron du bar et lui versant son dû. Continua vers le port de la Rapée. Elle connaissait un ami de Fitch là-bas, le dealer qui fournissait les pains de shit, la monnaie de Paname. Il allait et venait tous les mois entre les Pays-Bas, la Belgique et la France avec son douze mètres bien lesté au retour.

La péniche était là, hublots éclairés. Elle toqua. Vick – pour Viking, car bêtement il avait les yeux bleus et un bateau – fit glisser la porte en bois de la cabine ah c'est toi ben entre.

Elle avait un plan.

Son ancien receleur mi-mont-de-piété mi-fondeur de métal avait évoqué un jour devant elle que pour tout ce qui concernait le trafic de pierres précieuses, c'était à Anvers qu'il fallait se rendre. Et le meilleur des fourgues là-bas, c'était un Indien, un pote à lui, si d'aventure Fitch et elle parvenaient à chourer autre chose que de la pacotille dorée ou d'argent non poinçonné. Elle avait pensé à Vick.

Pour tout passeport, elle serrait en secret son improbable relique sous son T-shirt. Elle offrit à Vick de le dédommager avec le chapelet d'ivoire. Il accepta de la convoyer, il l'avait à la bonne, mais ne partirait que dans deux jours. En cette saison, il faudrait environ une semaine pour rallier Anvers ; il poursuivrait ensuite sa navigation jusqu'à Rotterdam.

Elle conservait quelques bifs de ses bails avec Fitch : elle acheta du riz, des pâtes, du vin rouge, de la bière et dix boîtes de sardines.

On traversa Paris qu'elle découvrait pour la première fois dans sa fluviale majesté. Ils bifurquèrent sur l'Oise le long des rives où des mastodontes de quarante mètres s'entrechoquaient sur les flots. Après Janville, le bateau prit le canal et de Compiègne à Saint-Quentin les écluses se multiplièrent : on avançait peu, cinq, six kilomètres par heure.

Enfin Vick lui confia le gouvernail alors qu'ils glissaient sur l'Escaut vers Gand. Il prépara le café, on en aurait encore pour trois jours et deux nuits.

Le soir, ils passaient sur la batterie et s'amarraient à l'arrache sur les berges sauvages. Ils prirent une ou deux cuites, cela faisait partie du périple en eaux intérieures, un patrimoine culturel qui aurait dû être classé par l'Unesco. Cependant, étant donné la profession du capitaine, le bateau était strictement non-fumeur.

Le passage de la frontière fut si fluide qu'elle n'avait pas tout de suite compris qu'ils naviguaient déjà en Belgique : elle s'était assoupie dans la cabine. Le Viking avait ses habitudes de sorte que la douane pour lui était une écluse comme une autre. Il passait un kilo tous les deux-trois mois, on ne pouvait pas non plus dire qu'il roulait sur l'or.

Comme prévu leurs chemins bifurquèrent à Anvers, après cette parenthèse immobile où seul le paysage avait semblé voyager.

XXIV
Anvers

Elle débarqua avec un léger mal de terre et s'assit sur le quai pour faire le point. Pénétra dans la ville qu'elle trouvait moins belle que Gand qui l'avait séduite. Peu à peu le charme des maisons de briques rouges et des corniches s'estompa, les rues où s'alignaient des façades modernes sombres et design avaient perdu leurs pavés. Vitrines blindées, pensa-t-elle. Elle cherchait un Indien dont elle n'avait pas le nom mais dont elle savait qu'il parlait français, à ce que le fourgue lui avait dit.

À sa grande stupéfaction, un groupe d'Indiens en turbans et costumes Gucci sur mesure discutaient devant une boutique anonyme. Elle leur demanda en anglais si à tout hasard ils connaissaient un Indien qui parlait français, spécialiste de pierres anciennes. Ils se regardèrent, levant les sourcils, explosèrent de rire. Mais mademoiselle nous parlons tous le français ! L'anglais, le suisse allemand et l'arabe aussi. De plus nous sommes tous diamantaires, ici. Elle se sentit confuse, mais l'un d'entre eux lui demanda qui l'envoyait. Elle mentionna le fourgue du Gitan et, sans entrer dans les détails de son identité, elle décrivit suffisamment bien ses activités pour qu'ils échangeassent de nouveaux regards tout aussi amusés. Les Jaïns lui indiquèrent une rue un peu plus haut qu'elle devrait prendre sur sa droite.

La devanture d'un brocanteur occupait tout le rez-de-chaussée de l'immeuble. Elle sonna. Une jeune femme lui demanda de patienter, elle partait informer le responsable puis la fit entrer.

Un homme d'une cinquantaine d'années ouvrit une porte discrète pour apparaître derrière le comptoir. Son regard vif l'interrogea en silence. Le costume clair de laine peignée rehaussait son port, son teint mat. Elle prononça le nom du fourgue et le dandy la fit pénétrer dans l'arrière-boutique.

Elle s'attendait à trouver un antre obscur car la boutique elle-même était peu éclairée, poussiéreuse et encombrée de bric-à-brac. Mais l'arrière du magasin était dix fois plus vaste que la brocante : un dôme de verre surplombait une pièce à l'ameublement design et laissait filtrer une lumière zénithale. Blindé, commenta l'homme d'un ample geste de la main vers le plafond et son dôme.

Le loft comprenait un gigantesque canapé de cuir blanc, plusieurs tables, un bel établi, une collection de loupes et d'outils minuscules, et surtout une bibliothèque entièrement dévolue à la joaillerie et aux lapidaires.

M. Dev Anders l'invita à s'asseoir en se présentant, il n'avait pas pignon sur rue et s'en excusait, mais comme elle devait le savoir, il pratiquait le même travail que le genre d'ami qu'elle avait rencontré à Paris, en beaucoup plus sophistiqué et par conséquent en beaucoup plus discret.

Anders n'était pas diamantaire mais gemmologue et négociant en pierres fines : il était le seul à Anvers, aussi les autres Jaïns le pensaient un peu farfelu : pourquoi s'occuper de topazes, quand on a des diamants ?

Il examina la patène qu'elle avait apportée, un petit plat ovale finement travaillé. Il faudrait en dessertir les pierres. Pour les grenats, le cristal de roche et les cornalines engoncées dans l'argent que l'on pourrait refondre, il offrait sept cents florins. Le marché fut conclu.

La sentant réceptive à l'histoire de l'art, il prit le temps de la guider vers une large table dans laquelle étaient aménagées des vitrines. Elle découvrit un assortiment de pierres précieuses classées par couleur et par époque, comme autant de papillons épinglés dans leur écrin.

Enfin il lui dévoila sa collection particulière.

Le passe-temps de toute sa vie, sa passion, c'était le haut carolingien, et même le mérovingien. Du siècle de Charlemagne on avait hérité de forts beaux vestiges ; tous n'étaient pas encore exhumés.

Dev Anders avait patiemment recueilli chaque pièce. C'était un marché très fermé, d'autant que les différents clergés d'Europe étaient en droit d'exiger la restitution des objets cultuels lorsqu'ils parvenaient à les localiser. Quelques rares pièces, formant l'archipel du passé, émergeaient ponctuellement pour le plaisir d'érudits comme M. Anders.

Ces artefacts dont la forme naissait de la matière, et non l'inverse, soulignait-il, envoûté, possédaient une personnalité intense. C'était vraiment le propre du VIIIe siècle que d'avoir su honorer la pierre précieuse, et inventer ce style qui perdurerait jusqu'à la fin du IXe. Il dévoila des broches d'émail cloisonné, parures d'oreilles, porte-khôl de corne incrusté d'argent et d'aigues-marines, des poignards, quelques bagues et un filet de perles d'eau douce, plates et toutes dissemblables, qui bruissait comme une source.

Il extirpa enfin d'un coffret à serrure électronique la pièce maîtresse de sa collection : une fragile tiare de feuilles d'or dont l'âme de bois paraissait presque souple. De gros grenats lie-de-vin, que l'on appelait almandins, en ornaient la face tandis que de minuscules turquoises parsemaient l'ouvrage d'une simplicité brute. Au pourtour, suspendues à leurs chaînons, une dizaine de longues perles roses formaient une frange sonore sur le beau front du passé. Cette inestimable pièce provenait d'Iran, où une nécropole perse avait été mise à jour.

Elle acquiesçait en silence. La splendeur de cet assemblage hétéroclite, baroque avant l'heure, la laissait mutique. Elle venait de comprendre que sa croix, son talisman, était de la même facture : il avait donc probablement plus de *mille trois cents ans.*

XXV
Éléonore Bondouffle

Elle avait déjà vu ce genre d'objet, insinua-t-elle, avec ce mince galon de billes d'or qui enrubannait la base de chaque pierre. Vivement intéressé mais un peu dubitatif, Anders voulut avoir davantage de détails. Pouvait-elle préciser où et dans quelles circonstances ?

Elle souleva son pull, ôta la ceinture élastique qu'elle portait au-dessus de la taille, exhiba la pochette qui respirait le suint. Elle la déplia doucement. Le linge de batiste était merveilleusement conservé s'il en croyait l'âge du cuir craquelé.

Avec une sorte de vertige, il souleva la croix-reliquaire contemplant le plafond ensoleillé à travers le cabochon central.

Il sourit éperdument, scrutant l'ambre magnétique. Une dent y lévitait, pupille de cet œil de miel.

L'inclusion était réalisée avec maestria dans un ambre ancien, peut-être oriental. Les autres pierres, brutes, comme jaillies avant-hier de leurs fleuves, de leurs alluvions, de leurs mines antiques, ne brillaient pas mais luisaient, à demi opaques, palpitaient telles des braises sous la cendre du temps.

Il se dirigea rapidement vers le bureau où trois ordinateurs restaient en veille. Il eût été dommage de disséquer pareille merveille, il faudrait la vendre intacte, ce serait beaucoup plus lucratif pour elle. Si elle le désirait, il ferait une proposition, pas en dessous de quatre cent cinquante mille dollars.

Il tapota le clavier sans bruit, tout en la questionnant sur l'origine présumée de cette amulette harmonieuse. Puis il demanda, le regard rivé à l'écran : Alone, sur l'Ode ?

Elle se figea.

Éléonore Bondouffle ?

Se racla la gorge : oui.

Comment connaissait-il son patronyme ? Plusieurs minutes s'écoulèrent avant qu'elle revienne à la vie. Un malaise tangible avait envahi la pièce. Ses yeux s'affolaient comme si elle avait oublié qu'elle avait oublié quelque chose quelque part.

Anders l'observait avec sollicitude. Il lui proposa un léger plaid de coton, elle s'affala sur le canapé. Il ne la questionna pas : il avait compris que la relique, la fille et la révélation de son patronyme formaient un nœud gordien.

Enfin il lut son écran à haute voix. Éléonore était mentionnée au fichier des pilleurs. La déclaration de vol émanait du clergé d'Alone, en 1986. La nature de la relique supposée n'était pas renseignée.

C'était une très bonne nouvelle d'après Dev. Excité, il parla d'inventer une histoire, une origine, une certification du reliquaire. Avec une biographie, la croix pourrait être authentifiée fictivement puis écoulée via les circuits officiels.

Une telle somme d'argent l'aurait mise à l'abri pour le reste de ses jours, cependant elle hésitait à se séparer de son porte-bonheur. Ce trésor inopiné l'avait sortie du bourbier de sa vie, lui avait ouvert une brèche, un moyen de reprendre le contrôle. Elle pensait qu'il s'agissait d'une sorte de superstition : elle l'avait attribuée à la nécessité de survivre à ses traumatismes. Mais la discussion avec Dev Anders avait achevé de la persuader que cette beauté barbare avait sa propre personnalité, une force intrinsèque quasiment miraculeuse.

Anders était survolté. En Grèce, le service patrimonial du Synode inventoriait, répertoriait et dissimulait les biens de l'Église orthodoxe.

Si elle pouvait s'y rendre, il la recommanderait à une relation, un pope de Thessalonique qui partageait sa passion pour les pierres anciennes.

Dev se portait garant du père Mixhalis, qui avait le pouvoir de faire renaître le reliquaire sous un autre nom, de créer un saint à partir d'un personnage fictif et d'effacer toute trace des origines alonaises de ce bijou.

Si elle revenait avec la croix et le certificat, il lui offrirait le double de la somme et bien entendu se porterait acquéreur. Mais elle devait comprendre qu'aucun lien officiel ne pouvait être établi entre lui-même et Mixhalis. Ils avaient souvent travaillé ensemble, en toute discrétion, pour ce genre d'intrigue.

L'irruption d'Éléonore dans sa boutique était due au hasard, ce qui constituait un atout : le trajet de la croix serait plus sûr que n'importe quelle stratégie secrète qu'il aurait pu échafauder. Éléonore jouerait très discrètement le rôle de porte-valise à travers l'Europe : qui se méfierait d'une hippie crasseuse de vingt ans ?

Au moment du départ il lui remit une minuscule bourse de gemmes chatoyantes, une émeraude opaque pour elle et les besoins de son voyage, un rubis rare pour Mixhalis. Dev lui expliqua où trouver les comptoirs qui pratiquaient le change de pierres précieuses partout en Europe : Hambourg, Zurich, Athènes, Moscou… plus anonymes et plus sûrs qu'un distributeur automatique de billets.

Éléonore et Dev avaient été connectés en de fulgurants instants : par la magie de l'œil d'ambre et sa dent de lait ; puis par la déflagration intime qu'avait provoquée le très simple nom d'Éléonore Bondouffle.

XXVI
De Rotterdam à Thessalonique

Elle vendit l'émeraude pour mille dollars dans un des multiples changes du centre-ville et remonta l'Escaut. Un bateau de plaisance la convoya jusqu'à Rotterdam où elle emprunta le ferry pour Hambourg. Dev lui avait offert un passeport et ce fut Rosa Mendel qui se présenta à la douane allemande après une courte croisière en mer du Nord.

Deux jeunes d'une vingtaine d'années l'emportèrent en moins de cinquante minutes à Francfort. À deux cents kilomètres-heure dans leur voiture de sport si basse sur l'asphalte, ils se rengorgeaient : les autoroutes allemandes étaient les plus rapides d'Europe.

Il n'y avait vraiment pas de quoi être fier.

De Wiesbaden, elle descendit le Rhin jusqu'à Bâle. La voie fluviale était la plus discrète. Vick lui avait un peu appris à utiliser une radio VHF, à amarrer correctement dans les écluses. Mais elle n'aurait jamais pu manœuvrer celles du Rhin, qui semblaient les aspirer vers le centre de la Terre tant le dénivelé était impressionnant. Près de vingt mètres de parois lisses ensevelissaient le bateau dans une totale obscurité. Ces mouvements d'angoisse se dissipaient lorsque l'embarcation remontait dans l'écluse et qu'elle revoyait l'horizon.

Elle aidait à préparer les repas, jouait aux cartes. Si les routiers étaient sympas, elle l'avait maintes fois constaté, les mariniers détenaient la médaille d'or de la convivialité.

Deux jours plus tard elle était à Munich.

Graz, Belgrade, Zagreb, Skopje, Ljubljana. Elle semblait foncer à travers ces villes, telle une comète. Elle ne s'attardait jamais car une résille de plomb semblait les enserrer peu à peu elle, le chemin et la Yougoslavie. Elle pressentait que le cœur de l'Europe allait devenir une géhenne en cet été 1989.

Elle sauta dans un bus pour Thessalonique puisque les liaisons ferroviaires avec la Macédoine du Nord avaient été interrompues.

XXVII
L'higoumène Mixhalis

De la gare routière de Thessalonique, elle changea les dollars qui lui restaient pour une liasse de drachmes puis erra dans le centre-ville envahi de snacks tous identiques, avec des fleurs d'un plastique déprimant. Les immeubles bétonnés s'effritaient sur leurs arrière-cours délabrées, dont les escaliers n'aboutissaient nulle part. La circulation était intense.

Elle dériva vers le front de mer et s'arrêta devant une anachronique tour byzantine qui s'élevait au milieu des bars *lounge* accueillant la jeunesse dite dorée sur la jetée.

Un vendeur de rue lui avait offert une délicieuse spanakopita, il lui indiqua Aghia Triada, Eléonore se servit de ses souvenirs de grec ancien pour le comprendre. En fin d'après-midi elle arriva devant cette église métropolite au cœur de la ville sombre.

Une vieille à fichu qui lessivait les escaliers l'emmena au logis de l'higoumène Mixhalis, elle répétait ce nom avec insistance pour lui faire comprendre qu'il allait arriver. Elle lui servit un minuscule verre d'alcool fort, raki, raki, insistait-elle. Quelques tranches de melon d'eau complétèrent cet en-cas de bienvenue.

Elle était seule à présent dans la salle à manger d'apparat. Les chaises, assorties à la table austère et massive, semblaient n'avoir jamais servi tant elles brillaient. Des icônes partout aux murs, chaque meuble encombré de bougies rouges, de triptyques, de journaux, et toujours ces fleurs en plastique, incontournables joyaux de cette ville.

Un homme jeune en civil entra en trombe dans la pièce. Mixhalis ne ressemblait en rien à ces vieux popes qu'elle avait aperçus s'enivrer aux terrasses des tavernes, distillant la bonne parole des alcooliques œcuméniques à des ouailles déjà convaincues des bénéfices du raki sur la vie quotidienne.

Non, l'higoumène Mixhalis était un jeune battant de l'orthodoxie, rompu aux techniques bancaires du XXe siècle. Il gérait les investissements, les placements off-shore, les avoirs fonciers et fiduciaires de l'Église grecque. Car les montagnes de cash affluaient grâce aux revenus nets d'impôts. On multipliait les portefeuilles, on trafiquait des armes avec le patriarche de Russie, les Serbes, on blanchissait l'argent de la drogue albanaise, on investissait dans l'immobilier et les discothèques. Hélas, il n'était pas toujours simple de dissoudre des milliards dans les limbes des îles Caïmans. Le clergé grec, d'après les recommandations de Mixhalis, s'était mis en quête de pierres précieuses car le lingot avait fait son temps.

Unis par les lois sacrées du marché, les clergés de tous les pays convertissaient leurs encombrantes mallettes en quelques grammes de charbon.

Éléonore, ou plutôt Rosa, remit de la part de Dev Anders le rubis, une pierre non chauffée de Birmanie : Dev et lui partageaient une passion de collectionneurs de timbres pour les pierres rares.

Le pope lui confia en retour pour le gemmologue d'Anvers une rare paésine, de petites dimensions, sur laquelle elle vit affleurer, dans les brumes jaunes et ocre de ses strates, une caravane de chameaux qui perlait à l'horizon.

Il expliqua qu'il ne s'agissait pas de l'œuvre d'un artiste, mais d'une pierre dite acheiropoïète, non peinte par une main humaine, mais dont l'évolution chimique durant des millions d'années avait composé une image. C'était d'après lui la preuve que Dieu avait doué d'esprit les saintes icônes.

L'an dernier Anders lui avait fait parvenir une pierre contenant de l'eau antédiluvienne… Une pierre sonore. Voulait-elle la voir, ou plutôt l'entendre ?

Elle préférait ne pas s'attarder. La présence d'un religieux, quelles que fussent ses croyances, provoquait chez elle une sorte de fébrilité qui dégénérait souvent en panique.

Elle avait besoin de son certificat. Mixhalis lui demanda de bien vouloir l'excuser une minute, ouvrit une armoire. Un bureau y était encastré, tout entier contenu dans cette alcôve à la semblance de cercueil. Il alluma son PC puis revint vers elle avec un plateau tapissé de velours rouge, comme elle en avait vu chez Anders. Elle déposa le reliquaire. Il en bavait presque, mais ravala sa salive : l'objet était inestimable.

L'ambre, les perles et la dent conféraient une dimension organique à ce trésor de roche et d'or. La grosseur des pierres lui donnait des sueurs froides. Une des émeraudes, brute, non taillée, d'un vert sombre, devait peser cent cinquante carats.

XXVIII
Les limbes de l'Histoire

La rubrique « Dents » de la base de reliques informatisée sur disquette comportait des milliers d'entrées. Une demi-heure passa. Au fond de son placard, Mixhalis parcourait les descriptifs des reliques afin d'identifier un saint qui fût pourvu de moins de trente-deux dents. Il aurait pu reconstituer plusieurs centaines de mâchoires, se disait-il plaisamment. Il n'était pas rare en effet qu'un saint eût plus d'un crâne et trois ou quatre clavicules. Avec les dents, évidemment, ce phénomène était démultiplié.

Parfois au contraire, un saint n'avait pas de relique, il fallait alors que l'Église consacrât au hasard des os, humains ou animaux. D'autres fois, cinq coudes étaient signalés pour un seul saint ; une certaine confusion découlait de cette multiplication de reliques. Et les saints, ces personnages de langage, s'accumulaient d'époque en époque, tenaces, ils refusaient de disparaître.

L'Église orthodoxe n'attachait pas autant d'importance aux fragments corporels qu'aux images peintes, plus sacrées selon elle puisqu'elles étaient vivantes.

Au Moyen Âge, à l'époque byzantine et même antique, les parties organiques étaient plus vénérées et drainaient des foules nombreuses. Les dons affluaient. Plus la star, qui fait le saint, était célèbre, plus la renommée s'étendait, et plus les richesses abondaient.

Et maintenant que ces croyances avaient été anéanties par l'Église chrétienne elle-même, les œuvres d'art sacré trouvaient de nouveaux fidèles en de richissimes collectionneurs, trafiquants en tous genres, hommes d'État qui tous pratiquaient cette religion nouvelle.

Le métal et la pierre, l'ancienneté et la rareté prévalaient désormais sur les restes corporels.

Dans le cas du reliquaire de la jeune Éléonore, la roche et la matière organique de l'os étaient indissociables. La dent, précieux témoin de quelque tragédie ancienne, était figée – mais comment ? – dans son bain d'ambre mi-roche mi-végétal.

La confusion des règnes était ici portée à son plus haut point, jusqu'à constituer, semblait-il, une signifiance, un message porté à travers les strates du temps par quelque chose de vivant, enserré dans le minerai d'or, sous les roches brutes.

Mixhalis pivota brusquement sur son tabouret de bureau, dont la modernité tranchait avec l'ameublement de la salle à manger.

Il ne dit mot, mais d'un signe de la tête l'appela. Sur l'écran elle lut une notice, en grec, latin et anglais : « *Chroniques de saint Jean de Damas, histoire des origines des Églises extérieures. Source : papyrus de la bibliothèque d'Alexandrie. Mention de la dent d'une vierge martyre de Perse, prise dans un roc jaune en semblance d'œuf de caille.* »

Une dent de sainte byzantine, articula enfin Mixhalis. L'or et les pierres avaient dû être ajoutés *a posteriori* car le style en était mérovingien. Elle fut troublée à l'idée que la dent fût celle d'une jeune fille. Mixhalis devait rédiger une Vie fictive pour authentifier le reliquaire, mais voilà que cette pierre retrouvait sa véritable identité.

Mixhalis se lança dans un fastidieux cours d'histoire religieuse : en 596, les moines d'Orient fuirent les persécutions, apprit-elle. Ils affluaient, par terre, par bateau, par milliers, jusqu'à Rome en passant par Constantinople. Dénués de tout, ces apôtres d'une religion encore multiple et foisonnante esquivaient la doctrine unique qui était en train de définir la norme.

Certains, de peur que leurs talismans parfois trop exubérants, trop animistes, trop peu réalistes, ne tombassent entre les mains d'une Église castratrice, fuyaient également Rome pour sauver ces artefacts, au mépris de leurs misérables vies.

Et dans les caves du Vatican s'accumulaient des denrées humaines, des fragments de squelettes dont on ne savait que faire et que l'on distribuait parfois au petit bonheur la chance à des seigneurs ou des évêques afin de doter leurs fiefs.

La base de données ne disait pas de quels âges lointains provenait l'œil d'ambre. Sa trace se perdait dans les limbes de l'Histoire. Éléonore ne pourrait jamais savoir à quelle époque ni à quel endroit la dent avait été incluse dans ce cabochon, et encore moins comment elle avait atterri à Alone.

L'instinct du gestionnaire ecclésiastique commençait à lui envoyer une série de signaux : il fallait démembrer cette croix, en récupérer l'or, les gemmes et les perles qui ne valaient pas moins que les pierres.

Il informa Éléonore qu'il conservait la croix pour des examens approfondis, la remercia pour sa contribution à l'histoire des origines du christianisme, et l'accompagna vers la sortie.

XXIX
La circoncision

Son auberge crapuleuse aménagée dans une cave suffocante lui provoquait des montées d'angoisse. Éléonore ne pouvait plus continuer d'y loger, alors qu'il fallait attendre quelques jours que Mixhalis rédigeât le certificat et lui rendît sa croix.

Elle suivit une bande de jeunes décharnés qui se dirigeait en chantant vers les hauteurs de la ville. Elle avait du flair pour la Zone, véritable patrie des citoyens du monde.

Les remparts antiques dominaient la ville neuve, ses collines et son port, ses chalutiers dormant en pleine mer, et regardaient tristement la Yougoslavie. Là, au sein des murs épais, elle découvrit un abri original, une sorte de sépulcre ouvert par la chute d'un bloc de pierre. Un interstice vide de tout habitant lui servit de chambre pour la nuit.

Dans la haute cité vivotait une nation d'exclus. Ces marginaux, qui comme elle hantaient les fissures des murs d'enceinte, avaient établi un marché noir de cassettes audio, fumaient de l'héroïne et chantaient le soir autour de feux de mauvais bois. La nourriture semblait arriver d'elle-même dans les assiettes, car les Grecs, surtout les plus pauvres, partageaient volontiers leur pitance sans qu'elle ait à la quémander.

Elle s'en fut quatre dimanches de suite à l'office d'Aghia Triada sans y croiser le pope. Les messes orthodoxes ne ressemblaient en rien aux tristes mises en scène des catholiques. Le spectacle ici avait un charme extravagant : l'abondance d'or, les mouvements de foule, la profusion des fumées de myrrhe dont l'enivrante odeur imprégnait les vêtements et les cheveux, toute cette liturgie enchantait son imagination toujours prompte à s'enflammer. Mais point de Mixhalis.

Elle finit par frapper à la porte du logis de l'higoumène maudit mais la vieille servante, éludant ses réponses, lui claqua la porte au nez.

Éléonore commençait à se demander si elle récupérerait sa croix, sa dent, cette partie d'elle-même.

Un matin, ses amis des remparts l'invitèrent à faire une descente en ville : un événement allait avoir lieu, mais lequel ? Elle avait juste compris qu'il y aurait beaucoup de monde et surtout un banquet sur le port où ils pourraient manger à l'œil.

De tout en haut, on devinait des grappes de familles convergeant vers un noyau noir et kaki de popes et de soldats. Lorsque la bande parvint en bas, le cortège s'ébranlait vers le port, emporté par les chants anciens et les tirs de carabine.

Devant chaque église de la ville, le défilé s'arrêtait, les cloches sonnaient à toute volée et les popes sortaient, brandissaient leurs précieuses icônes. Quand ce fut son tour, Mixhalis surgit de son église. Il prit la tête de la manifestation, cerné de mitres et de mitraillettes. Derrière lui, soutenue par quatre noirs religieux harnachés de chaînes d'or, une grande châsse vitrée exhibait un minuscule bout de chair jaunâtre qui semblait fait de carton-pâte.

C'est le prépuce du Christ, l'informa sa voisine en cisaillant l'air. On fêtait donc la circoncision de Jésus.

La débauche de vert militaire ourlée de femmes en deuil perpétuel, d'hommes moustachus et d'enfants en tenues de confiserie se pressait au pied de la Tour blanche. La foule entonna un chant grave et païen face à la mer. Le rituel tenait moins d'une cérémonie chrétienne que d'un folklore ancestral : les fidèles paraissaient adresser leurs suppliques à quelque divinité marine.

Ses compagnons d'infortune étaient déjà partis en direction des agapes collectives ; Mixhalis et sa horde continuaient d'entonner des chants sous le soleil implacable de la jetée ; tout le centre-ville à présent était désert.

Elle revint en courant à l'église Aghia Triada. Éléonore s'engouffra dans l'édifice, fureta derrière l'iconostase figurant des scènes de la vie de saint Jean en homme sauvage, les cheveux emmêlés tombant sur sa cape en peau de bouc. À l'arrière-plan elle distingua sa grotte dans une falaise escarpée dominant le Jourdain.

Elle ne trouvait pas son fétiche. Depuis l'abside elle se rendit chez l'higoumène par un petit corridor avec l'idée que le reliquaire était rangé dans la fausse armoire.

Là, sur le bureau, la boule d'ambre dénuée de sertissage servait de presse-papiers.

XXX
Éternel retour

Passé les faubourgs de la ville déserte, elle s'engagea sur la route qu'elle avait prise plus d'un mois auparavant. Une Mitsubishi la déposa à Metsovo, dans les montagnes humides ; des étudiantes la poussèrent jusqu'à Igoumenitsa. Atteindre Patras fut un jeu d'enfant.

Déambulant sur le port, elle guettait un ferry en partance pour l'Italie. Dans la queue hystérique et klaxonnante des voyageurs qui souhaitaient monter à bord au plus vite, elle se dissimula, car Rosa Mendel n'avait pas de quoi lui payer un billet.

Elle se cacha dans le vaste casier à bagages du couloir donnant sur les cabines. Derrière les valises, elle s'endormit : elle venait de traverser le nord de la Grèce à toute allure, en une journée à peine.

Au petit jour, elle fila jusqu'à la cale et tenta d'ouvrir les portières des camping-cars pour en faire céder une.

Elle passa à l'arrière d'un combi Volkswagen les trois jours de traversée, dévorant les réserves des nomades modernes qui n'avaient rien sacrifié à leur confort durant leur expédition saisonnière : épinards en croûte, vin grenat des collines d'Anchialos, bières Mythos accompagnées de fromage graviera. Les propriétaires devraient se rabattre sur les raviolis en boîte lorsqu'ils reprendraient la route.

Le moteur vibra. On arrivait à Brindisi. Le combi roula, et finalement elle put en sortir par la fenêtre : à Milan le conducteur s'en fut visiter la ville.

Elle supposait qu'un paquet de monde était à ses trousses. Anders se demandait probablement où elles étaient, sa croix et elle, peut-être avait-il téléphoné à Mixhalis ?

Elle ne pouvait pas retourner à Paris : Fitch devait être furibard d'avoir été abandonné. La mafia athonite quant à elle missionnerait peut-être les moines-soldats de Mixhalis pour la retrouver. Heureusement les trucs furtifs, ça la connaissait. Elle se félicitait d'avoir fui comme le zéphyr.

Elle avait renoncé à se séparer de son porte-bonheur, sa dent du destin comme elle se le disait souvent. Quand on la lui prenait, sa liberté de mouvement était contrariée, il ne lui arrivait que des galères. Certainement, cette canine ouvrait toutes les portes et faisait choir tous les obstacles ; elle lui était dévolue.

En trois jours elle fut à Clermont-Ferrand.

XXXI
Les Vieilles Pierres

À trois kilomètres d'Alone, sa ville natale, personne ne la chercherait : ni le clergé, ni la médecine, ni le gang des popes, ni les fourgues prolétaires ou bourgeois, ni sa famille, ni les gendarmes, ni, bref, la cohorte des hommes qui semblaient être nés pour la persécuter. Cette meute l'avait *forcée*, selon le lexique consacré des chasseurs de cerfs. Elle en avait sa claque de ceux-là qui, au cœur de son intimité, avaient exercé leur contention malsaine.

Au lieu dit les Vieilles Pierres, terrain de jeu de son enfance au temps des premières escapades à vélo et des souvenirs heureux, elle savait une grotte où se cacher un certain temps.

L'eau d'une source s'épanchait sur l'herbe grasse et tout un chaos de pierres moussues s'éparpillait là. Presque à fleur de rivière, la brèche dans la colline calcaire, abri de ses premiers baisers d'écolière, offrit à Éléonore un refuge confortable dans les interstices de la terre.

Tout au fond le vestibule s'agrandissait et donnait sur une vaste grotte où les sons étaient assourdis, où le silence se faisait par le vide.

Ce repaire était plus accueillant que le nombre incalculable de souterrains qu'elle avait fréquentés ces dernières années – égouts, cryptes, caves, couloirs désaffectés du métro, sans parler des catacombes ni de la chambre d'isolement de la clinique au dernier sous-sol.

Ici il faisait doux : la température ne variait ni le jour ni la nuit. Une brise chargée d'odeurs florales embaumait le seuil. Au tréfonds de ces cavités on aurait pu aussi trouver des autels celtes érigés à la gloire de Cernunnos, le dieu à tête de cerf, si seulement elle s'était donné la peine de les chercher.

En explorant plus avant elle découvrit que les couloirs de ce labyrinthe avaient été creusés, élargis, et débouchaient sur une salle voûtée. Quelques marches de pierre s'arrêtaient contre le mur du fond qui semblait fait de béton.

Exploitée depuis le XVe siècle, cette carrière avait fourni les gros blocs jaune pâle des premières demeures bourgeoises d'Alone. Mais de nombreux éboulis avaient fait craindre un effondrement plus général et contraignirent les autorités compétentes à clore l'exploitation de la pierre au profit de celle du champignon. C'est ainsi qu'Alone devint durant les années cinquante la capitale du champignon, juste après avoir battu le record de femmes tondues en 1945.

Éléonore lézardait au soleil en ce début de printemps, l'eau douce jaillissait à proximité, elle se lavait dans le fleuve. Elle avait perdu la notion du temps. Il lui paraissait évident qu'il s'agissait d'un des plus merveilleux endroits qu'il lui ait été donné de connaître, *locus amoenus* qu'elle s'efforcerait de ne jamais quitter.

Au bout de quelques mois, elle avait aménagé l'ample grotte avec une sobriété érémitique : une paillasse de feuilles craquantes de châtaignier mêlées de sauge et de mélisse, une souche de bois flotté qui lui servait de banc.

Asperges et fraises sauvages, champignons, pousses de ronce et nombrils de Vénus constituaient son frugal ordinaire. Parfois au fil de nuits erratiques, elle s'aventurait dans les vergers pour en dérober les fruits.

Elle ne tuait pas, ne cuisait pas, se refusait même à faire du feu non seulement pour préserver le secret de son refuge, mais encore pour abolir toute entreprise de domination sur le monde extérieur. Elle ne serait pas complice. Pas d'autre choix que sa solitude sauvage.

Sur le seuil, le pied dans la rosée, elle composait des chants pour les arbres, les insectes et les écureuils, pour la berge où roucoulaient les poules d'eau, et pour le héron, seigneur cendré à l'œil perçant.

Sans le savoir, elle était revenue sur le lieu même de l'ermitage d'Aléa, posant son pas dans le sien. L'Histoire bégayait, les circonvolutions des destinées formaient un labyrinthe, toujours dans la même nuit. Entre le feuilleté des corps péris se tenait embusqué le sens de ces vies qu'on disait humaines.

Le soir elle contemplait le couchant à travers son œil d'ambre. La dent, pensa-t-elle, avait pris la forme de son destin. Et elle-même s'était faite morsure pour arracher ce lambeau de fierté et de sérénité qu'était devenue sa vie au creux de la terre.

Comme elle avait bien fait de conserver son cher trésor ! l'instrument de sa libération ! message d'une femme à une autre glissé dans les failles du temps.

XXXII
Une partie de chasse

Trois vieillards avinés débouchèrent un jour dans sa clairière, précédés de chiens qui furetaient compulsivement jusqu'à pénétrer dans la grotte. Éléonore sortit et sur le seuil tomba nez à nez avec les trois casquettes de traviole.

Ah bah si on avait su que des belles nanas comme toi vivaient ici on serait venus plus souvent. Ils riaient sous cape, échangeaient de grossiers clins d'œil.

Ah bah c'est sûr ça te changerait de la Nathalie. Oh toi ça va tu vas aux putes dans les bois, on a vu ta camionnette l'autre jour mon salaud.

Un débat houleux venait d'éclater et les trois hommes, carabine en bandoulière car on était dimanche, paraissaient avoir oublié la présence de la jeune femme.

Lorsque leur dispute s'acheva, car à vrai dire ils ne se souvenaient plus du tout de ce qui l'avait motivée, leurs regards se reportèrent sur elle.

Tu veux voir le loup ? rigolaient-ils. Mais on lui proposa un lièvre, que l'un d'entre eux tenait par les oreilles. On en a plein. De petites têtes aux longues oreilles veloutées dépassaient des sacoches vertes.

Elle refusa poliment, expliquant qu'elle ne mangeait pas de viande et qu'elle les priait de partir de chez elle.

Les chasseurs se rebiffèrent, le ton monta : elle se croyait où la salope ? Les dégager de leur Chasse Réservée ? S'ils avaient eu une fille comme elle, ils auraient su la dresser.

Elle n'en doutait absolument pas.

Une de leurs sales pattes lui claqua la fesse. Elle commença à se débattre mais le gros lui dégagea une mandale terrible, se débraguetta et agita son membre flaccide au-dessus d'elle.

À ce moment, un dernier chasseur arriva. Ah la la, se gaussa-t-il, ce Gérard, il en rate pas une, toujours sur la brèche. Les sbires avaient relâché leur emprise, se tournant vers le nouveau venu. Regarde la belle biche qu'on a là.

Par réflexe elle courut au fond de son terrier, attrapa le trésor dans une niche de pierre aménagée dans la paroi.

Du fond de sa grotte, elle les distinguait, masquant l'entrée, ils hésitaient. Leurs yeux larmoyants d'alcool n'étaient pas aptes à pénétrer cette ombre d'encre. Quant à elle, tapie dans un creux, elle attendait les chiens qu'ils ne manqueraient pas de lâcher.

Mais ce fut une odeur âcre qui agressa ses narines. Un brouillard brun masqua l'entrée, ses épaisses volutes envahirent le refuge. Voilà ce qu'on fait aux nuisibles dans ton genre, bramaient-ils.

Elle suffoquait et, chancelante, se résigna à sortir pour ne pas crever comme un animal pris au piège.

Lorsqu'elle jaillit de sa grotte, elle brandit sa boule d'ambre devant elle, les chasseurs eurent un mouvement de recul : cette apparition enfumée les effraya.

Ses cheveux et ses hardes dégageaient de longues flammèches bleues et jaunes.

En un éclair elle reconnut son père, qui ne la remit pas, il l'avait complètement oubliée. Elle hurla, depuis sa mandorle de feu : Robert fils du démon et maire d'Alone, je te maudis !

À ces mots stupéfiants le docteur Bondouffle recula d'un pas, désarçonné. Mais, comment ? Comment une clocharde… une SDF à moitié sauvage… une souillon, une sorcière… ? Par quel pouvoir ? Par quel mystère ?

Les chasseurs prirent la fuite, il resta pétrifié un instant puis s'en fut à reculons, entouré de ses chiens qui gueulaient à la mort.

Éléonore s'écroula dans le vieux bassin pour soulager ses brûlures. La boule n'avait pas quitté sa paume et, quand elle voulut la poser, elle s'aperçut que les chairs de sa main avaient fondu dans l'ambre brûlant.

XXXIII

Vignemale : retour de manivelle

Les prédateurs retournés au bercail ne manquèrent pas de divulguer la présence d'une Gitane dangereuse aux Vieilles Pierres. Il était urgent d'agir parce que, si des bohémiens se mettaient en tête d'assiéger leur bonne ville d'Alone, il faudrait les stopper net avant que cela ne dégénérât.

Les femmes manifestèrent une curiosité malsaine, et quelques-unes, au fallacieux prétexte d'aller aux cèpes, partirent espionner les sous-bois.

L'eau du lavoir était d'un beau blanc opaque et bouillonnait telle une casserole de lait sur le feu. Quant à Éléonore, elle flottait *au-dessus* du bassin. Les Alonaises se mirent à genoux et à prier.

L'une d'entre elles sentit sa cataracte disparaître, l'autre son calcul rénal se dissoudre, et la troisième, qui souffrait de rhumatismes, se releva, sans plus de douleur.

Elles coururent avertir le père Vignemale, qui avait continué à sévir en son domaine de Bonne-Dame-de-Soulages. Le dimanche, il exhorta ses ouailles à ne pas faire montre de superstition, de croyances déplacées. L'Église était moderne et veillait sur ses enfants, ils n'avaient pas besoin de crier au miracle car les journalistes locaux s'empareraient du sujet et feraient une mauvaise publicité à la commune.

Depuis que les commères l'avaient averti de cette apparition, certaines déclaraient même qu'Alone serait la nouvelle Lourdes, il craignait en vérité le retour de certaines pratiques irrationnelles : les dérapages arrivaient très vite dans ces provinces reculées. Le sel sur les seuils, les chauves-souris clouées aux portes des granges, le grattage d'écorce sur le beau chêne de la place afin de se protéger des incendies, les jeteurs et les leveurs de sort dont les paysans taisaient les noms n'étaient pas rares, même dans une bourgade aussi progressiste qu'Alone. Il se devait d'être vigilant avant que l'église Sainte-Barbe ne perdît encore davantage de fidèles. Vignemale décida d'aller voir par lui-même, emprunta la porte du jardin de l'Institut pour descendre la falaise escarpée. C'était un raccourci qui lui éviterait de passer par le centre-ville.

Dans sa verte prairie Éléonore l'incandescente flottait comme un ectoplasme au-dessus du baptistère de lait. Elle le fixa de son œil vif-argent, tandis que l'ambre de la dent avait absorbé l'or rouge des flammes et rayonnait d'un feu intérieur.

Vignemale se figea, ses babines tremblotaient.

Tiens tiens, l'ogre de Soulages, souffla l'apparition. Sale violeur d'enfants, à la bite violette, réponds-tu de tes crimes ?

Elle le toisait, il s'écroula pièce par pièce comme un jeu de construction ravagé d'un coup de pied. Mais il rassembla ses esprits et marcha lentement sur elle. Il lui semblait reconnaître ce regard de défiance et de subversion. Il écumait.

Éléonore le laissa s'approcher et, du haut de sa lévitation, d'un coup précis, d'une violence insoupçonnée, lui fracassa la mâchoire avec la boule d'ambre.

Allait-elle réussir à briser le cycle ancestral et patriarcal de la persécution institutionnalisée des jeunes vierges ? Ce cul-de-sac où les jeunes filles de tout temps se retrouvaient prisonnières ?

Ignorante des lois de l'heuristique, indifférente à ceux qui croyaient en l'Esprit des lieux, ne sachant rien des paramètres géographiques ni des latitudes et longitudes ontologiques, elle vengeait pourtant Aléa, son ancêtre ignorée, et peut-être une lointaine divinité dont la dent avait traversé les siècles.

Vignemale s'écroula, le visage ensanglanté. Alors, descendant de son piédestal imaginaire, la jeune femme se posta au-dessus de l'homme d'Église, enfonça son talon dans la bouche du curé et perfora, d'une seule poussée franche, l'aorte. Les vertèbres éclatèrent dans un bruit de noix brisée. Crac !

XXXIV
Évocation de la Perse

L'Empire achéménide innervé de pistes et de fleuves s'étendait de la Bactriane à la Sogdiane, de Gandahar à Persépolis, de Suse à Éphèse, de l'Inde à l'Éthiopie et même par-delà le Pays de la mer, comme la dynastie impériale aimait à le croire.

Dans les caravanes fourmillant sur l'immense domaine de Xerxès, les marchands transformaient leur chemin en récit : les légendes de toutes les contrées s'y croisaient et s'entrelaçaient comme sur un métier à tisser dont les fils de couleurs forment des motifs. Ainsi tuaient-ils le temps sur leurs chameaux étiques, escortés par leurs chèvres et les chiens du désert.

La jeune Mksheta était la conteuse favorite de cette communauté nomade d'orfèvres et de chamans, de vendeurs de térébinthe et de mastic. Elle accompagnait son clan, un jour drôlesse, un jour tragique, et du haut de son petit palanquin elle inventait, agençait et brodait des histoires qui subjuguaient la caravane.

Fille d'un riche chamelier thrace, elle avait passé toute sa vie sur les routes de Perse, comprenait plusieurs langues, savait chanter et surtout distraire son public par ses histoires, ses blagues et ses énigmes, durant les mois et les années de route ; elle était parfois payée de quelques talents d'argent.

Son père, du moment qu'elle restait dans sa litière, se sentait tranquille. Il prenait la tête du convoi pour ne pas avoir à supporter les sornettes de Mksheta, lui qui avait déjà enduré les prédispositions de sa fille à bavasser, lesquelles s'étaient manifestées, hélas, depuis sa plus tendre enfance.

Cependant du rire aux larmes, l'infinie gamme des émotions parcourait le groupe et, le soir, dans le repli d'une dune, elle poursuivait ses contes devant un feu d'épines pour s'endormir au petit jour.

Pendant ce temps en sa citadelle de Suse, Xerxès, le sanguin, venait de quitter ses convives, et le banquet sur l'esplanade dominant la palmeraie. Il était entré dans un accès de rage dont il était coutumier.

Il lançait des coups de pied dans les brûle-parfum de la salle d'audience qui se fracassaient dans un tintement métallique sur le pavement de serpentine. Encore un de ces ridicules bibelots dont sa femme adornait toutes les salles du palais.

Il avait d'ailleurs fait mander Vashti au banquet : elle ne s'était pas donné la peine de se déranger, occupée à des agapes dans ses appartements, se moquant probablement avec ses femmes de son mari et de ses invités. Il avait envoyé le chef des eunuques qui était revenu bredouille.

Alors le terrible Achéménide s'était extirpé de son lit d'or et d'argent. Vashti avait donc décidé de lui pourrir la vie et d'offenser toute sa lignée. Ses sujets les convives avaient osé sourire dans leurs barbes bouclées : son autorité avait été mise à mal.

Un puissant arôme de cèdre émanait des poutres sculptées. Les bas-reliefs figuraient l'Empereur parmi les griffons et les sphinges, l'Empereur en tenue d'orgie, l'Empereur sur un éléphant, l'Empereur et sa femme – tiens, il faudra faire retailler celui-ci, pensa-t-il. Et prendre nouvelle épouse.

Dans les couloirs du palais les plis de son manteau d'apparat constellé de pierreries froufroutaient à chaque virage. Il tomba nez à nez avec un courrier haletant.

Le messager pouvait à peine parler, exhalait des voyelles incompréhensibles, et le temps qu'il reprenne son souffle ils étaient arrivés dans la salle du trône. Cet oiseau de malheur lui annonçait des révoltes au couchant de l'Empire, des Grecs adorateurs d'idoles, et au Levant, celles des Juifs dont l'influence commençait à secouer les bases de son autorité impériale, à lui, le fils de Darius.

Le messager fut jeté depuis la terrasse sur une forêt de lances et de piques que Xerxès tenait toute prête dans l'arrière-cour du palais.

Il devrait offrir une hécatombe aux dieux Ahura Mazda et Anâhitâ puis envoyer des armées et faire détruire les temples pour rappeler que toutes les nations étaient sujettes de l'Empire dont il était le dieu vivant, lui, fils de Darius.

Xerxès se détendit quelques instants en tournant les doigts dans sa barbe fournie ; il répétait ce geste depuis son adolescence dès qu'il devait réfléchir, et ses poils ressemblaient à la Toison d'or, ses multiples boucles enroulées en ressorts luisaient de musc. Il fomentait son divorce.

Il convoqua une armée de scribes qui prirent note, chacun en sa langue, de l'édit impérial : *Aux satrapes de l'Inde à l'Éthiopie. Les plus belles vierges de Perse doivent par commandement suprême de Xerxès, fils de Darius, être convoyées sur-le-champ au harem de la citadelle en vue d'un futur mariage.*

On envoya des janissaires sur leurs étalons nerveux pour les capturer ou les acheter. Le sort de la reine Vashti était scellé. Il allait maintenant pouvoir s'occuper des rebelles.

Peu de temps après un messager fut introduit dans la salle du trône et se jeta au sol. Tous faisaient la queue dans le couloir pour informer le Roi des Rois de l'actualité persane. Beaucoup grelottaient de terreur, songeant à l'éventualité que leurs nouvelles déplussent à Xerxès.

Mais le jeune homme rapporta qu'une vierge répondant au nom de Mksheta, qui était polyglotte, possédait des talents de conteuse et de musicienne, et qu'elle pourrait bien devenir un ornement de prestige pour la salle de réception.

Xerxès ordonna qu'elle lui fût apportée.

Un messager partit et galopa avec en ligne de mire l'encolure trempée de sa monture. Au bout d'une semaine, il releva la tête : un nuage de poudre rouge annonçait à des lieues la présence d'une caravane. On lui offrirait peut-être du lait, quelques dattes et du miel sauvage.

Il ralentit. L'étalon écumait. Il percevait des rires alors que la caravane s'approchait. Derrière la gaze d'un palanquin qui bringuebalait sur une chamelle blanche, une voix de jeune fille contait une histoire où il était question d'une femme fougueuse et d'un cheval lubrique, mais il ne saisissait pas toutes les subtilités de la langue thrace, peut-être avait-il mal compris.

Les femmes lui apportèrent un lait caillé agrémenté d'épices inconnues, elles rirent lorsque sa moustache noire fut recouverte de crème blanche. Il lut le décret impérial. La caravane ne manquait pas de traducteurs, mais évidemment, en queue de cortège, l'édit avait perdu tout son sel : il y était à présent question de construire un enclos pour les mules.

De l'index le messager désigna le pavillon haut perché de la mystérieuse conteuse, elle entrouvrit ses rideaux, parée d'orange et de jaune, sous un foulard d'un vert éclatant brodé de piécettes d'argent selon la coutume des Thraces. Le mercenaire sut qu'il n'irait pas plus loin chercher la perle de l'Orient. Xerxès le récompenserait certainement. En faisant vite, il serait de retour à Suse en quelques jours.

On parlementa, on négocia.

Les marchands rechignaient à laisser s'envoler leur divertissement favori et opposèrent une certaine résistance verbale qui consistait en des insultes bien salées : l'expression « jurer comme un chamelier » était connue de toute la Perse.

Après cette séance d'invectives mutuelles, les marchands commencèrent de marchander, activité dans laquelle ils excellaient évidemment. Pour quelques centaines de drachmes et trois sicles d'argent pur, le père ne fit point de difficultés à livrer la conteuse.

Celle-ci cracha à la figure de son ravisseur, le traitant de mazdéen, ce qu'il était.

Mksheta fut admise au harem de Xerxès : on l'y jeta sans ménagement. Elle se retrouva dans une salle immense aux murs de marbre blanc, jonchée de tapis, couverte de tentures représentant des combats de coqs et de colombes, des femmes ailées et les amours d'Anâhitâ. Les dais au plafond battaient mollement leur pourpre dans le vent chaud. Des corbeilles de fruits confits déversaient leurs douceurs sur des tables de santal, les fontaines pavées d'or et de lapis clapotaient dans les cours intérieures, réconfortantes oasis.

Malgré ce luxe, elle saisit l'horreur de l'endroit : elles étaient environ trois cents femmes, les yeux hagards, habits usés et déchirés par le voyage. Certaines semblaient terrorisées.

Toutes les beautés de l'Empire furent rassemblées dans ce harem-monde. Elles deviendraient les concubines de Xerxès, mais seule l'une d'elles aurait l'honneur d'être son épouse. Les eunuques prirent chacun sous son aile une cinquantaine de filles pour les répartir dans les appartements et leur distribuèrent des boulettes d'ambroisie à déguster sans plus attendre pour apporter l'oubli et le sommeil.

Mksheta qui ne savait faire autre chose se mit à conter, lors des longues siestes sous les plumes d'autruche et de paon, durant les bains et les massages. La douleur d'avoir été arrachée aux siens, vendue par son père tel un chameau de course, avait provoqué un traumatisme qui la plongea dans une fiction permanente : elle devenait peu à peu tous les personnages de ses contes, faisait partie des récits qui désormais la constituaient. Pour elle, le réel n'existait plus.

Or elle avait là un public de choix : des sœurs, toutes jeunes, toutes nymphes, toutes talentueuses, expertes en tissage, coiffure, musique, broderie ou tir à l'arc car ces pauvres captives venaient de familles riches. Elle leur délivra un répertoire grandiose, contant tout le jour et jusque tard dans la nuit embaumée de jasmin, vivant toutes les histoires. Elle fut aimée des femmes et des enfants qui vivaient là. Même les eunuques tout en donnant l'impression de vaquer à quelque affaire d'importance tendaient l'oreille, elle le savait. Les prisonnières engraissées échappaient à leur sort de génisses en rêvant, en redisant, en commentant les histoires de Mksheta. En outre celles-ci se renouvelaient sans cesse car le harem de l'Empereur grouillait de récits : elle s'inspirait de ce que les femmes lui confiaient de leurs vies, de leurs mythes, des faits héroïques de leurs clans. Elles venaient de toutes les régions, l'une pouvait toujours traduire l'idiome d'une autre et les histoires frémissaient jusque dans les vapeurs du hammam, se transformant, se reconfigurant dans cette fluctuante traduction.

Elle composait à partir de ces biographies des chants qu'elle nomma *Vies des femmes illustres* et dédiait à chacune son poème.

À l'heure du bain, pour redonner courage à ses compagnes, elle peignait les amours des humaines enlevées par un dieu-taureau, décrivait la reine Hyppolitè, terreur des guerriers thraces ; les terribles raz-de-marée qui engloutissaient les anciens empires, elle racontait les aventures de marins perdus abordant des terres inconnues, et le *dit* de la tisserande rusée qui avait repoussé ses prétendants.

Mais lorsque la nuit venait, elle puisait dans les récits de son peuple. Les chameliers thraces avaient une solide réputation d'embrouilleurs et de mythomanes. De plus ils avaient des mœurs très libérales et appréciaient les comédies scabreuses. Alors venait le temps des cocus, des faux eunuques, des plantes qui parlaient, des voleurs aux pieds nus, des matrones cul par-dessus tête, des grands prêtres ivres morts qui jouissaient de leurs ânesses. Elles se tordaient de rire en roulant sur les tapis moelleux.

Par la suite Mksheta se lia d'amitié avec Hadassa, une jeune Juive aux cheveux presque bleus et à la peau d'albâtre. Pendant un an elles furent ointes d'huile de myrrhe, frottées de benjoin, enduites de baumes précieux, nourries de bonbons, de pêches, d'amandes et d'abricots, abreuvées de vin clairet.

Au bout d'une année son tour arriva d'être introduite chez Xerxès. Il lui ordonna de le distraire. La poétesse entonna un chant de sa tribu, à la gloire de son ancestrale nécropole troglodyte :

ô les monolithes
que l'on sait sculptés !
à l'orée de vos temples
dans l'auguste montagne
nous venons mendier ici
ouvrez noir vos portes
où l'on frappe en pleurant
vos parois de jaspe
et d'onyx ondoyant
vos ocelles de quartz

Xerxès interloqué épousa finalement Hadassa qui lui parut plus sensée et compréhensive, cependant Mksheta fut conservée au harem royal, plus fastueux encore que le premier : la nouvelle reine n'aurait su se passer d'elle.

Un soir le valeureux fils de Darius les surprit toutes deux riant aux éclats à propos d'un roi imbu de lui-même et ridiculisé par ses femmes qui le persuadaient qu'il était vêtu d'une invisible cotonnade. Le roi s'exhibait alors devant ses sujets dans le plus simple appareil dont la conteuse consciencieuse avait décrit les moindres détails.

La nuit même des gardes s'emparèrent de Mksheta endormie et, par décret impérial, la suspendirent par la chevelure à une potence. Le Dieu-soleil ferait le reste.

Au bout de quelques jours, importuné par l'odeur de crevure qui parvenait jusqu'aux terrasses, Xerxès décida d'éprouver ses connaissances en chirurgie car depuis peu il s'initiait à la médecine avec sa collection de savants capturés dans tout l'Empire. Il se fit apporter le corps, et découpa, cisela, déroula, écartela les chairs de la poétesse qui ne sentait plus rien.

Ses ossements furent jetés à la fosse par-dessus les murs du palais. Quelques bonnes âmes attendaient tels les vautours, que les gardes disparurent pour subtiliser qui un doigt, qui un crâne, qui un coude des martyrs de la religion zoroastrienne qui croupissaient là.

XXXV
Ygdrasil

Pour les nomades du désert qui avaient fait des oasis, des montagnes géométriques et des faucons leurs dieux, la fosse et ses os indistincts constituaient une réserve d'amulettes à préserver, des restes humains certainement doués de pouvoirs, et l'on dérobait ce que l'on pouvait afin de s'assurer que les défunts ne se sentissent pas abandonnés. Ces fragments permettaient à celui qui s'en trouvait possesseur de fonder un culte et de vivre d'aumônes.

Ygdrasil, prêtresse gyrovague, était une fugitive du harem de Xerxès. Elle avait gardé en mémoire, qu'elle avait excellente, les chants de Mksheta et les entonnait aux carrefours des ruelles de Suse. Ils se répandirent au-delà des murs de la capitale, aussi rapidement qu'un attelage impérial, aussi invisiblement que les dunes qui se meuvent dans le désert.

Pour garder le souvenir de celle qui, au harem, avait atténué la douleur et l'ennui, Ygdrasil disputa à un pauvre hère ce qui restait de Mksheta. Elle tira de cet âpre marchandage une canine, et l'emporta dans la petite bourse de cuir qu'elle avait au cou.

Elle retourna dans sa tanière, au creux des montagnes mèdes. Un seul arbre poussait là, un myrte, donnant une ombre bleue. Ygdrasil ficha la dent au carrefour de deux branches, bien plantée dans l'écorce, ainsi pourrait-elle la contempler du fond de sa grotte. Elle avait une conception très personnelle de sa relation aux esprits et s'était créé une petite mythologie. Dans cet arbre elle avait accroché toutes sortes de débris naturels, une peau de serpent, quelques plumes, un squelette de fennec sur lesquels elle méditait longuement. La dent de la jeune Mksheta ne déparerait pas l'ensemble et serait digne de ses incantations. Le soleil couchant rougissait le paysage, l'ivoire de la dent refléta l'astre ardent.

Plus tard dans la nuit, un de ces orages sans pluie grommela sans éveiller Ygdrasil. La foudre fondit sur l'arbre et le tronc s'électrisa en crépitant.

Au petit jour, elle découvrit, fascinée, l'arbre foudroyé. Au cœur du tronc noir de suie, elle distingua une bulle d'orpiment qui palpitait, encore en fusion : la sève était en train de cuire autour de la dent comme si le myrte avait voulu la protéger du feu.

Elle entreprit alors un jeûne – en se privant des figues séchées qui constituaient son ordinaire –, pria tout le jour et toute une nuit, allongée sous l'arbre. L'œuf de résine agitait ses reflets sur le visage de la mystique solitaire.

Cependant une caravane de marchands s'annonçait en contrebas dans la plaine : ses chariots chamarrés et ses chameaux harnachés de petites cloches tintinnabulaient dans l'aurore. L'arbre fumait encore, distillant son encens. Quelques hommes montèrent jusqu'au pauvre ermitage de la sainte femme. La mage leur dit le Chant de la vie de Mksheta, ajoutant ainsi un chapitre aux *Vies des femmes illustres* que la conteuse avait initiées ; puis elle entonna l'histoire du miracle de la dent : son père fut stupéfait de retrouver ainsi un infime fragment de sa fille mais surtout de reconnaître dans les récits d'Ygdrasil la voix de sa progéniture. Décidément, s'attendrit-il dans sa barbe mouillée de larmes, cette enfant n'avait pas fini de faire courir ses récits.

La nouvelle du miracle de Mksheta, dont la dent avait le pouvoir de susciter des interrogations auxquelles les dieux mêmes ne sauraient répondre, parvint à Byzance.

En quelques mois les pèlerins affluèrent, exposèrent leurs enfants sous l'arbre calciné pour que soient guéries leurs douleurs dentaires, puis vinrent les mères qui n'avaient pas de lait et enfin les jeunes filles souhaitant acquérir le don d'éloquence.

Xerxès avait complètement effacé le souvenir d'une certaine Mksheta dans les vapeurs du chanvre indien. Il eut un mouvement d'humeur lorsqu'un messager lui annonça la naissance d'un culte nouveau, une religion indistincte qui rassemblait notamment les marchands, les conteuses, les amuseurs, les camelots des bazars, les bonimenteurs, les harangueurs, les poétesses, les chanteurs, les joailliers, les vierges, les femmes et les enfants.

L'Achéménide trépigna sur son pouf et ordonna que l'on coupât la langue du serviteur inopportun d'un coup de criss.

Une féroce répression s'abattit ensuite sur toutes les professions susnommées. Les mameluks de Xerxès traquaient, torturaient, coupaient des têtes et des mains : cela ne fit qu'exacerber l'adoration de la dent miraculeuse. Les caravaniers colportèrent le chant d'Ygdrasil à travers la Perse.

Xerxès ordonna que l'arbre fût abattu. Le récit de la dent prit son essor et poursuivit son expansion au-delà des confins de l'Empire.

Alors le glorieux rejeton de Darius fit persécuter les religieux de toutes obédiences : il y avait des centaines de sectes exubérantes et des milliers de doctrines saugrenues, presque autant que d'individus, de quoi satisfaire son désir de vengeance. Comment cette méprisable chamelière osait-elle le défier depuis l'Outre-Monde ?

Alors par mer et par terre des centaines de mages errants, de faiseurs de saints, d'enchanteresses pour qui le culte l'emportait sur le dogme fuirent leur terre natale.

Ygdrasil emporta la dent au creux de sa bourse pour rallier les rives de la mer Noire. La réputation de Mksheta lui ouvrit les portes du fleuve et, troquant son passage contre les chansons, de coche d’eau en chemin de halage, elle remonta le cours de la Duna, puis le Mainus. Après des mois de navigation, elle parvint à Wishbad pour s’engager sur le Rheine, toujours plus loin vers le nord, jusqu’aux rivages froids de la Zuidersee.

XXXVI
Ratatosk, l'Ancêtre-Écureuil

Sur le port, on vendait des esclaves capturés sur tous les rivages par les raids des Northmen qui ne connaissaient d'autres loisirs que les rafles. Ygdrasil fut horrifiée : ces exotiques femmes blondes aux yeux transparents portaient les fers au cou, et des maquignons en peaux de bêtes les montraient comme des ourses. Même au harem, on ne les avait pas traitées ainsi.

L'œil expert du propriétaire de la cargaison de Slavonnes avisa immédiatement Ygdrasil, une beauté aux cheveux noirs, à la peau de miel. Ses hommes la capturèrent sur-le-champ et la déposèrent à bord de leur navire bombé. La boule d'ambre roula sur le pont. Le marchand d'esclaves, un Jute superstitieux prénommé Osgard, la contempla et tous les marins s'ébahirent de ce prodige.

Le drakkar traversa la mer à vide car les Slavonnes s'étaient bien écoulées : les coffres étaient emplis de monnaies diverses que l'on fondrait pour fabriquer des bijoux, une fois arrivés à Jelling.

Durant le voyage ils revêtirent leur butin, la belle Ygdrasil, d'une cape en queues d'écureuil ; une parure d'ailes de corbeau vint orner sa chevelure. Cette exotique femme venait certainement du royaume des dieux, du paradis des Ases. Elle ferait une bonne chamane pour les cités du Nord.

La boule et sa dent étaient le signe, aux yeux d'Osgard, que son destin était béni des dieux. Il songeait qu'ils lui avaient envoyé ce présent et qu'Ygdrasil était leur messagère. Il avait hâte de regagner son domaine pour offrir au fils qui venait de lui naître ce hochet mirifique.

Au pied de l'arbre à palabres, Ygdrasil emplit son office : elle rendait des oracles incompréhensibles aux habitants de Jelling qui ignoraient tout de sa langue. Ils manifestaient cependant un goût prononcé pour les bizarreries et les mystères : que son mélodieux idiome leur soit indéchiffrable n'ajoutait selon eux que plus de valeur et de gravité mystique aux modulations d'Ygdrasil.

Celle-ci avait déposé la dent au creux du frêne sacré et, enveloppée de sa cape de fourrure orangée, se voua définitivement au culte de Mksheta. Elle continuait à entonner ses chants, tout à fait inappropriés dans le désert de neige qui bordait le fjord :

pénétrant dans le temple au sable du djebel
muraille orangée s'érodant sur la plaine
quarante-deux têtes aux orifices trompeurs
indiquent le chemin, petites lampes à huile
reposant sur les fronts
hélas aucune flamme ne vacille
dans l'épaisseur des cénotaphes mutiques

Les années passèrent, Ygdrasil la messagère écureuil mourut de sa belle mort, on donna son nom à l'arbre du village. Les habitants de Jelling reconnaissants de les avoir distraits de ses barbaresques ramages la portèrent sur l'un des navires d'Osgard, poussé sans gouvernail sous les vents terribles de la mer, et depuis les hautes falaises de glace l'embrasèrent de leurs flèches incandescentes.

La petite-fille d'Osgard, grâce à la faconde qui lui venait de la Dent-Rouge, devint reine du Jutland. Pendant près de mille ans, les générations des maîtres de Jelling se transmirent la prestigieuse relique que l'on appelait depuis sa découverte la Dent de Ratatosk, l'Ancêtre-Écureuil.

Dès qu'il fut en âge de naviguer et de guerroyer, Brandvic, lointain descendant d'Osgard, emporta avec lui la Dent-Rouge pour s'assurer du succès des expéditions qu'il menait contre les royaumes du Sud.

C'est ainsi qu'un jour de razzia, le Viking, remontant ses pantalons, fit tomber la Dent-Rouge près du feu qui consumait Aléa.

La suite, nous la connaissons tous.

Épilogue

Éléonore avait fondu dans son bain de lait puis s'était dissoute dans l'Ode, pendant que la dent courait sur le lit du fleuve pour choir telle une méduse luminescente au fond des océans.

Le nouvel office du tourisme, par un adroit marketing, fit prospérer la ville d'Alone. Les hôtels-restaurants se multiplièrent et les vacanciers toujours plus nombreux visitaient la grotte sacrée désormais électrifiée, puis pique-niquaient sur les berges, dérobaient les plus jolis cailloux et emplissaient leurs gourdes d'eau de source.

La boutique de souvenirs offrait gratuitement aux visiteurs une carte postale sur laquelle était imprimé un chant d'Éléonore :

pour les cent mille femmes aux charniers de la terre
formons les couvents de la révolte

les jardins de simples
aux multiples murailles
où panser les plaies

pour les cent mille femmes aux charniers de la terre
prenons les maquis
de sauges et de verdure
prêtresses gyrovagues
hantons les montagnes

pour les cent mille femmes aux charniers de la terre
voici des fleurs, voici des fruits
et l'hiver nous ferons des feux
devant les grottes confortables

Cet ouvrage a été imprimé sur du papier
dont les fibres de bois proviennent
de forêts durablement gérées

CET OUVRAGE A ÉTÉ COMPOSÉ PAR
PCA À REZÉ (LOIRE-ATLANTIQUE)
ET ACHEVÉ D'IMPRIMER
SUR ROTO-PAGE
PAR L'IMPRIMERIE FLOCH À MAYENNE
EN MAI 2023
POUR LE COMPTE DES ÉDITIONS DALVA
116, RUE DU BAC
75007 PARIS

DÉPÔT LÉGAL : AOÛT 2023
N° D'ÉDITION : 01 – N° D'IMPRESSION : 102569
IMPRIMÉ EN FRANCE